わたしの幸せな結婚 三

顎木あくみ

富士見L文庫

もくじ

序章

男は冷たい秋の夜風に吹かれながら、枯れ葉に覆われつつある山道を早足で下っていた。うっかり帰りが遅くなってしまった。村まではもう少しかかる。

(最近はおかしな奴がうろうろしているっていうしなあ)

村人がもう何人も、黒ずくめで顔を隠した人影を見かけたと噂になっている。直接何かをされたわけでも事件が起こったわけでもないが、見た目が見た目なので皆、不気味がっていた。

男はまだまだ若くて力もあるけれど、やはり得体の知れないものはおそろしい。

(変なものには遭わないに限るよなあ)

早く帰って、熱い風呂《ふろ》に入って酒でも吞《の》んで寝たい。冷気に身を震わせ、帰り道を急ぐ。

ふと、男は足を止めた。

何か、近くで物音がした気がしたのだ。草や枯れ葉を踏みしめるような。自分の足音かとも思ったが、それよりは少し遠い。

(鹿か猪か……熊だったら、まずい)

気づかれないうちに、早く行かなければ。そう思った男の目が、今度は何かの影をとらえた。明らかに動物の類《たぐい》ではなく、二足で歩く人間の影だ。

この辺りの山には村の人間以外、ほとんど立ち入らない。観光客や別荘の人々も基本的に山の中までは入らないし、余所者《よそもの》が山を出入りすれば目立つから噂になる。

それこそ、近頃よく話題にのぼる、黒ずくめの人影のように。

(嫌な感じだな)

しかし、もし村に危害を加えるような存在だったら。何かの犯罪にかかわるような、怪しい人間だったら。

男はごくり、と唾《つば》を呑み込み、意を決して影の去った方向へ歩き出した。

怪しい人影はしばらく歩いていくと、すぐに見つかった。目立たないようにか、全身を覆う黒いマントを身に着けている。

夜目が利く男でなければ、見逃していたかもしれない。

(顔も隠れているから、あれが例の……)

噂の黒ずくめの人影。間違いない。

マントの人物は人目を気にしているのか、きょろきょろと辺りを見回しつつ山を下っていく。

息を潜めてそれを追う男は、首を傾げた。

この先には古びた小屋があるだけだ。村のはずれに昔から建っていて、崩れかけで今は使われていない。

もしかして、その使っていない小屋をどこかの無法者が溜《た》まり場にしているのだろうか。

（だったら、なおさら様子を見ておかないとなあ）

今までの村人たちは、気味悪がって黒ずくめの人影を深追いしなかった。

男もひとりで人影を追うことに恐怖はある。けれど、放っておいて大事になったらと考えると、恐怖よりも村の一員としての責任感が勝《まさ》った。

十分に距離をとり、気づかれないように人影を追っていく。

そうして、小屋が見えてきた頃に男は足を止め、小屋の扉を開けた人影をじっと観察する。

（あっ……小屋にはもうひとりいるのか）

扉を開けた先に、ちらりともうひとつの黒い影が見えた。どうやら、複数人が小屋でたむろしているらしい。

注意しに行ったほうがいいだろうか。

いや、相手が複数ならばひとりで行かないほうがいい。見るからに怪しい集団だし、物騒な凶器などを隠し持っていないとも限らない。

男は、いったん帰ってから村に報告しようと決め、踵《きびす》を返して――そして、見てしまった。

自分のすぐ後ろ、音も気配もなくじっと佇《たたず》む大きな影。

身長は七尺以上、横幅も大きくてのっそりと男を見下ろしている。目が合った途端、ぎちぎち、ぎちぎちぎちと歯軋《はぎし》りのような不快な音を立て始め、いやに耳につく。

服装こそ、先ほどの怪しい人影と同じく黒いマントだが。

――これは、人ではない。直感的に確信する。

(怖い。怖い。怖い)

冷たい手で心臓を掴《つか》まれた心地だった。背筋が凍りつき、歯の根が合わない。焦って後《あと》退《ずさ》りした男は、勢いあまって尻《しり》もちをつく。

影はぎちぎちと音を鳴らしながら、近づいてくる。……その頭部には、よく見ると太くて長い角が二本生えていた。

「う、うわあああっ!」

たまらず悲鳴を上げ、そこで男の意識は途切れた。

一章　義父と招待

季節はすっかり秋になり、帝都にひんやりとした風が吹く。真っ青な空は高く、薄い雲が筆で擦ったように伸びて、蜻蛉《とんぼ》が気持ちよさそうに飛んでいる。

冷気にさらされながらも賑《にぎ》わう街の中に、ある女性の二人連れがいた。ワンピースに薄手のコート姿の美女と、鳥の子色の地に秋らしい木の実柄の着物をまとった娘だ。

着物姿のほう、帝国有数の名家・久堂《くどう》家の若き当主、久堂清霞《きよか》の婚約者である斎森美世《さいもりみよ》は、綺麗《きれい》に舗装された道を歩いていた。

「無事に買い物が済んでよかったわね」

隣を歩く将来の義姉《あね》、久堂葉月《はづき》が上機嫌に言う。美世はそれに微笑んで答えた。

「はい。付き合ってくださって、ありがとうございました。お義姉《ねえ》さん」

「どういたしまして。私ばっかり楽しんでしまった気もするけれど」

「いえ、わたしも楽しかったです」

葉月と初めて会ってから、早数か月。いろいろと波乱もあったが、美世は今も週に二、三回程度彼女と会い、完璧《かんぺき》な淑女を目指して勉強している。

しかし、勉強ばかりしていても息が詰まってしまう。

そういうわけで、今日は葉月曰《いわ》く、将来の姉妹でデヱト――らしい。

それは男女が会うことを言うのでは、と美世が返したところ、「いいの！　だったら私が男役をやるわ」とよくわからないまま押し切られ、今に至る。

とはいえ、美世としても葉月と出かけるのは楽しいので文句はない。

「ふふふ、よかったわ。――我が弟よ、見てなさい。今に私に泣いて感謝することになるんだから」

葉月は美しいかんばせに、まるで悪代官のような笑みを浮かべた。

二人でデパートに行き、買ったもの。それは、美世の着る洋服である。

もともと洋装には少しだけ興味があったが、自分ではなかなか購入する機会も勇気もなかった。そんなとき葉月に、

『美世ちゃんがお洋服を着ているところ、すごく見たいわ。きっと可愛いもの！』

と背中を押され、購入に踏み切ったというわけだ。

ほんのちょっと、清霞を驚かせたい気持ちがあったのも、否定はしない。

「……でもやっぱり、緊張します。旦那《だんな》さまがなんとおっしゃるか……」

「平気よ。試着したときも、とってもとっても可愛らしかったんだから！　あの朴念仁もだらしなく鼻の下を伸ばすはずだわ」

美世はあの麗しい婚約者が鼻の下を伸ばしている様を想像して、それはちょっと……と内心で思った。でも、葉月の言う通りだったらうれしい。

「そうだったら、いいのですけど」

「絶対に大丈夫よ、自信を持って。そしてお洋服に慣れたら、今度はドレスに挑戦しましょう」

二人は話しながら、自動車を停めている帝都の外れまできた。

洋服を買うという目的は果たしたので、このあとは早めに帰って夕食の時間まで勉強の続きをする予定だ。

春頃に出かけたときは外の世界に不慣れで、おっかなびっくりだった美世も、さすがに慣れて純粋に出かけることを楽しめるようになった。

（この辺りは旦那さまの仕事場の近くだし……）

何度か通った道はすっかり覚えてしまって、きっとひとりでも歩けるだろう。ただし、清霞や葉月、ゆり江《え》が許してくれるかは別の話だけれど。

そんなことを考えていたときだった。前方を歩いている、大荷物を抱えた着物姿の男性が不意によろけた。

「あっ」

「大丈夫かしら。って、あら？　あの後ろ姿、見覚えがあるような」

美世と葉月は互いに顔を見合わせる。

そのうち、男性は道端にしゃがみこみ蹲《うずくま》ってしまった。

具合が悪いのかもしれない。これは放っておけないと、二人は慌てて男性に駆け寄った。

「大丈夫ですか？」

美世は男性の背に手を当てながらその顔を覗《のぞ》き込み、息を呑む。

顔色が真っ青だ。けれどもそれ以上に、男性の驚くほど整った顔立ちに目を奪われた。

色白で繊細。そしてやや中性的。男性だとすぐわかるのに、どこか深窓の姫君のようなたおやかさを感じさせる。

（この方、似てる）

一瞬、脳裏をよぎった考えは焦りですぐに消えた。

男性は苦しそうに冷や汗を流しながら、美世のほうを見る。

「ありがとう、親切なお嬢さん……。でも、これはいつものことなんだ……」

「え、あの、そう……なんですか？」

そんなことを言われても、ここでじゃあさよなら、と立ち去るわけにもいかない。

しかし、どうしたものか、と眉《まゆ》をひそめる美世の耳に、自動車を呼びに行っていた葉月の驚きの声が飛び込んできた。

「その声、まさか、お父さま？」

「ん？　誰かと思ったら、僕の可愛い娘の幻覚が見える……。ごほごほっ、もしかして僕はいよいよ死ぬんだろうか……」

咳《せ》き込みながら、男性はわけのわからないことを呟《つぶや》き、急に遠い目をする。

美世は状況がまったく飲み込めず、ぽかん、と呆気《あっけ》にとられるほかない。一方、葉月は焦りを引っ込め、大きく息を吐いた。

「もう、何をお馬鹿なこと言ってるの。それにまさかと思ったけれど、どうしてこんなところに。……仕方ないわね。ここからなら清霞のところが近いから、行って少し休ませてもらいましょ」

「あの、お義姉さん。ええと、いいんですか？」

病院に行かなくていいのだろうか。しかも、こんな昼間に清霞の仕事場に行って迷惑ではないか。

不安になって尋ねれば、葉月はいいのいいの、と手をひらひら振る。

「構わないわよ。病院は行っても無駄だし、清霞だって無関係じゃないもの」

呆《あき》れ顔の義姉の言うまま、男性の背を支えながら、美世はあれよあれよという間に婚約者の職場——対異特務小隊《たいいとくむしょうたい》の屯所へとやってきた。

「で？　どうしてそうなる。私は暇ではないのだが」

軍服に身を包んだ清霞が、こめかみを押さえて唸《うな》る。

対異特務小隊屯所の応接室の向かいあったソファに、美世と清霞、葉月と男性で分かれて座っている。

「いいじゃない。近かったのよ」

葉月がすまし顔で、悪びれもせず返した。

「いいわけないだろう。勤務中に呼び出されていい迷惑だ」

「あの、旦那さま……ごめんなさい」

心底面倒そうな婚約者に申し訳なくなって謝れば、彼は「いや」と否定して微笑んだ。

「お前のせいではない。悪いのはどうせ、この二人だからな」

鋭い視線が向かいの二人を射貫《いぬ》く。

しかし葉月はやはりどこ吹く風。男性のほうは、ぱっと目を輝かせた。

「清霞くん！　久しぶりだね、会いたかったよ！　元気にしていたかい？　もう全然、顔を見せにも来てくれな――げほっ、ごほっ」

まだ顔色の悪い男性は勢いよく立ち上がり、清霞に近づこうとして激しく咳き込んだ。

「はあ。頼むから大人しくしていてくれ。まったく、冗談ではないぞ」

特大のため息とともに、清霞は再び美世のほうを向いた。

「そういうわけだ。美世、この顔色の悪い中年が私たちの父親。先代久堂家当主の久堂正《ただ》清《きよ》だ」

先ほど葉月がお父さま、と呼んでいたのでもしかしてと予想はしていたけれど。

どうりで、似ているわけである。

はじめに男性――正清の顔を見たとき、すぐに清霞に似ていると感じた。

正清は色白ではあるものの、清霞のような色素の薄さはない。ただ、その絶世の美貌《びぼう》はそっくりだ。

というか、中年にはとても見えない。五十路《いそじ》近いはずだが、どう多く見積もっても三十代だ。一見、清霞の兄弟のようにも見える。

美世はさまざまな驚きに翻弄《ほんろう》されつつ清霞の言葉にうなずき、正清に会釈した。

「あの、初めまして。斎森美世です」

「初めまして。僕は葉月と清霞の父、久堂正清といいます。よろしくね」

「は、はい。よろしくお願いします」

差し出された白くて細い手を、美世は緊張しながらおそるおそる握る。

(……やっぱり、すごく細くていらっしゃるわ)

顔の造作は清霞と似ている正清だが、よく見ると表情も身体つきも、まったく違う。

清霞は細面で騙《だま》されがちだけれど、軍人であり、鍛えているので存外がっしりとした身体つきをしている。それに、剣を握る手のひらは皮膚が硬い。

翻って、正清はその細面から受ける印象通りに線が細いようだ。背も清霞よりやや低く、手のひらの皮膚は透き通るくらい薄い。

「美世、すまない。面倒をかけたな。……父はこの通り、虚弱体質なんだ」

「だから病院に行っても、手の施しようがないのよ」

ぐったりと脱力する清霞。葉月もやれやれと軽く首を振る。

そんな二人とは逆に、正清は美世に明るく笑いかけた。

「けほっ。本当に助かったよ、美世さん。あそこで会えてよかった。ごほごほ、君のような心優しい義理の娘を持てるなんて、僕はなんて幸せなんだろう！　げほっ」

「もう黙ってくれ」

「安静にしてください、お父さま」

すかさず入った自分の二人の子からの鋭いつっこみに、しゅんと肩を落とす。

さすがにこれでは話が進まないと思ったのか、清霞が「それで」と話題を振った。

「どうしてこっちに？　何か用があるから来たんじゃないのか」

「そう！　そうなんだよ」

また身を乗り出しかけた正清の腕を、隣に座る葉月が引いて止める。

美世はとりあえず、知っている情報を頭の中で整理した。

普段、清霞の両親は地方の別邸に住んでいる。これは正清が当主の座を退いて以来ずっとで、滅多にこちらには来ないのだとか。

推測だが、それは正清の体質が虚弱だからではないか、と一連の流れを見ていて、思う。

そして、帝都の中心部にある大きな久堂家本邸には葉月がひとりで住み、郊外の小さな家に清霞が住んでいる、というのが現状だ。

一家は見事にばらばらだった。

「僕は君らに会いに来たんだ」

落ち着きを取り戻した正清が、神妙に告げる。これに、清霞は訝《いぶか》しげな視線を返した。

「どうしてこの時期に？　今さらだと思うが」

「……まあ、うん。今さらなことは認めるよ。でもほら、僕、夏は暑さでやられがちだし」

「ああ……」

「かといって、縁談を持っていった僕がまったく様子を見に行かないのも、どうかと思うし。久しぶりに娘と息子の元気な顔を見たかったしね」

「それならお父さま、あらかじめ連絡くらいしてくれてもいいんじゃないかしら」

葉月の言うことはもっともだ。体調に不安があるなら、なおさら先に連絡をいれておくべきだろう。

すると正清はへら、と笑い、

「抜き打ちしようかなって」

と答えた。これには清霞も葉月も口を揃えて「ただの迷惑！」と怒鳴ることになったのだった。


とにかく、あまり清霞の仕事の邪魔をするのはよくないので、美世と葉月、そして正清は場所を移すことにした。

やってきたのは、久堂家の本邸。まさに名家の大豪邸である。

あまりの大きさに圧倒されてしまう。立派すぎて、もしこの家に住むことになっていたら、と想像すると、場違い感にぞっとする。

（大きすぎるわ……）

「さ、美世ちゃんも遠慮せずに入って」

現在の家主である葉月に促され、美世は初めて本邸に足を踏み入れた。

外観は西洋風の立派な石造りで、外壁は仄《ほの》かな黄色。ところどころに蔓草《つるくさ》模様が彫り込まれている。

両開きの大きな扉から中に入ると、落ち着いた深緑色の絨毯《じゅうたん》が敷かれた広い玄関ホールになっていた。天井が、美世が二人重なっても届かないくらい高い。

ぐるりと見渡すと、玄関の壁の上のほうに、美しいステンドグラスが嵌《は》め込まれているのに気づいた。

以前訪れた母の実家の薄刃《うすば》家もだが、どうも美世からすると洋風の家というのは気後れしてしまう。生家が純和風の屋敷で、今暮らしている清霞の家も和風の民家なので、おそらく慣れの問題だろう。

おまけに、薄刃家は二階を洋風に改装してあるだけだったが、こちらは豪邸だ。余計に緊張する。

「ごめんね、美世ちゃん。なんだか急にこんな、おかしなことになって」

葉月が申し訳なさそうに言うので、美世は慌てて首を横に振った。

「い、いいえ。あの、いろいろ驚きましたけど、何も困ることもないですから。……それに、旦那《だんな》さまのご両親にお会いしていないことが、本当はずっと気になっていたんです」

「そう」

清霞は、わざわざ両親に挨拶《あいさつ》に行く必要などない、というようなことを前に言っていた。当主は自分であり、結婚についていちいち両親に伺いを立てることもないと。

けれど、たとえ清霞が先代夫婦に文句を言わせなかったとしても、彼らは心の中では顔も見せず、挨拶のひとつもしない嫁候補を良く思わないだろう。清霞があまり両親と会いたがっていないのも察してはいるが、やはり快く思われないのは悲しい。

せっかくなら、きちんと挨拶をして良好な関係を築きたい。

(そのほうがきっと皆、幸せだもの)

だからこうして、正清のほうから会いに来てくれて、優しく接してくれるのは予想外のうれしい出来事だった。美世にとっては。

「やあ、懐かしいな」

玄関を見回しながら、正清がうれしそうに言う。

「滅多にこっちには来ないものね」

「うん。……美世さん。あらためて、顔合わせが遅れてしまって申し訳ない。本当なら、もっと早く様子を見に来るべきだった」

「いえ。お気になさらないでください」

美世は答えてから、はっとした。

そう、他ならぬ正清こそ、清霞と美世の縁談を持ち込んだ張本人だ。であれば、美世にも確認しなければならないことがある。

三人は屋敷の談話室へ移動した。

ここもまた、とても豪奢《ごうしゃ》な部屋だ。異国情緒を感じさせる幾何学模様が入った壁と天井、花の意匠が華麗な照明。ソファは革張りで、木製の脚にまで巧緻《こうち》な彫刻模様が施されている。

煌《きら》びやかな室内に気圧《けお》されながら、聞かなくともわかる高価なソファに浅く腰かける。

香りのよい紅茶と美味《おい》しそうな茶菓子が用意された頃合いで、美世は自分から口を開いた。

「……あの」

「なんだい？」

おずおずと控えめに声をかける。正清は笑顔で少しだけ首を傾げた。

「わたしで、よかったのでしょうか」

美世の問いに、葉月が「美世ちゃん？」と眉《まゆ》をひそめ、持っていたティーカップを置く。

「どういう、意味かな？　美世さん」

「わたしは——実家では、ほとんどいない者として扱われていました。斎森の娘としてわたしを認識していた方が、どれだけいたか……」

場の空気が瞬く間に冷え切った。しかし、怯《ひる》んではいけない。美世はなけなしの勇気でもって、言葉を続ける。

「斎森の娘といえば、それは妹のことだったんです。わたしが久堂家に来たのは、ほんの偶然でしかありませんでした」

妹は自分のほうが、清霞の妻に相応《ふさわ》しいと言った。美世はその言葉に、清霞の隣を譲りたくないと返した。

自分のほうが相応しい、とは言い返せなかったのだ。実際、あのとき久堂家に嫁ぐのに相応しいだけの能力を持っていたのは妹の香耶《かや》だったから。

誰にも知られず、何も持たなかった美世を正清が求めたとは、どうしても思えない。

「だから、実は自分はお呼びではなかったのではないか、ということかな」

「そう、です」

あらためて正清に言葉にされると、胸が痛い。事実なのに。

清霞は美世がいいと言ってくれる。美世ももう、何があっても彼を信じてついていくと決めた。それでも、必要ないと告げられるのは怖い。

無意識に俯《うつむ》いてしまう。

けれど、正清がくれたのは冷たい言葉や態度ではなく。

「こんなことをしたら、清霞に怒られるかな」

でもまあ、いいよね、と正清は美世の頭をふわりと優しく撫《な》でる。

「確かにね、僕が聞いた斎森家の娘さんの噂は、君の妹のことだったと思うよ」

「……はい」

「でもね、君のことも知っていたよ」

思わず、顔を上げた。

目に飛び込んできたのは、正清の困ったような苦笑だった。

「といっても、斎森家の娘さんの噂を聞いてから調べたんだけど。斎森家にはもうひとり娘さんがいて、もしかしたらその子がうちに来るかもしれない、とは思ったかな」

斎森真一《しんいち》氏が、後妻との娘をたいそう大事にしているというのは知られた話だが、もうひとりの娘の存在を見つけるのも難しくはない。

だから、あえて誰とは指名せず「お宅の娘さんの結婚相手にうちの息子はどうだろう」と、知り合いを通じて斎森家に話を持っていったのだ、と正清は話す。

二人の娘のうちのどちらが来るか、賭《か》けのようなものだったと。

「もうね、あまりにも清霞が結婚しないから、僕も運を天に任せてみようかなとか……ほとんど自棄《やけ》みたいになっていて」

「……自棄」

「あっ、もちろん斎森家に失礼をした自覚はあるよ。申し訳ないと思ってる」

美世はどう反応すべきかわからず、狼狽《うろた》えてしまう。

「美世さん、君にも失礼だったよね。本当に、申し訳ない」

「い、いえ」

「でも、良くないことだったのは確かだけれど、後悔はいっさいしていないよ。むしろ、あのときの僕をよくやったと褒めてやりたいくらい」

ふふふ、と正清は腕を組んで得意げな表情になった。

「だって、君が……美世さんが来てくれて、清霞は変わった」

「え？」

美世は目を瞬かせる。

（旦那さまが、変わった？）

あまりぴんとこない。彼は最初から優しかったし、冷酷で薄情だとかいう噂が真実でないことはすぐにわかった。

無論、清霞の整いすぎた美貌《びぼう》と口下手なところが周囲に誤解を与えるのも、想像はつく。けれど、親である正清なら清霞の内面まで理解しているだろう。

正清は、首を傾げる美世の疑問には答えなかった。

「だから美世さん、君が不安になることはないんだ。僕は君が来てくれてよかったと心から思っているし、感謝しているから」

「……ありがとう、ございます」

胸がいっぱいになる。

斎森家にいたとき、自分には何の価値もないのだと本気で考えていた。今でも、あの頃の自分が無価値だとは言わなくとも、空っぽでどうしようもない人間だったとは思う。

それなのに、清霞の元に来てから皆が美世を必要だという。

こんなに、自分だけが得をしてしまうような世界があるなんて、知らなかった。こんなに幸せでいいのかと、逆に疑ってしまいそうだ。

「芙由《ふゆ》ちゃんも、今はちょっとへそを曲げているけれど、きっと美世さんを受け入れるはずだよ」

「……芙由ちゃん？」

「お母さまが？　ないない、ないわよ」

正清の口から出た『芙由ちゃん』とは、彼の妻——葉月と清霞の母の名らしい。

葉月が心底嫌そうな顔をするので吃驚《びっくり》した。彼女がこれほどの嫌悪感を示すのを初めて見た気がする。

「まったく。葉月も清霞も、どうして実の母親をそんなに嫌うかな」

「嫌うというか、あんな、年中へそを曲げたような人を好む人はそうそういないでしょう」

「なんだか、遠回しに僕が変人扱いされている気がするなあ……。まあ、ともかくその辺りの話題は僕がこちらに来た理由とも関係するから、清霞が来てからにしよう」

それから何度か話題があちらこちらへ飛び、気づけば日が傾き始めていた。

他愛のない会話は楽しいものだった。しかし、美世はただ座っているだけ、というのがどうにも慣れない。

いよいよ手持ち無沙汰《ぶさた》で落ち着かなくなって来た頃、ちょうど清霞が久堂家本邸へやってきた。

「若旦那さまがお帰りです」

使用人から告げられ、つい、ぱっと顔を上げてしまう。

若旦那さまとは、清霞のことだ。今の当主は清霞なので、本来なら彼が『旦那さま』と呼ばれるべきなのだが、先代の正清があまりにも早く引退したため、久堂家では正清を『旦那さま』、清霞を『若旦那さま』と呼んでいるらしい。

美世は少しだけ救われた気持ちになりながら、勢い込んで部屋を飛び出した。

「旦那さま、お疲れさまでした」

本邸の玄関で出迎えれば、だいぶ急いだ様子だった清霞はやや口許《くちもと》を緩ませ、「ああ」と答える。

美世がいつも通りの自然な流れで軍服の上着を清霞から預かると、彼は急に振り返って美世をまじまじと見つめてきた。

「美世、父に何かされなかったか」

「え、ええと、何か……とは」

「抱きつかれたり、手を握られたり、頭を撫でられたり、口説かれたり」

ひと息に並べ立てる清霞。一瞬、ぎくっとした。その中のひとつにはかなり、心当たりがある。

そして美世の、ほんの些細《ささい》な表情の変化を彼は見逃さなかった。

「……されたな?」

「い、いえ、あの、その」

「そうか、よくわかった。あのどうしようもない父親を、今すぐ灰にしよう」

無表情になった清霞の手のひらの上で、ぼ、と青い炎が燃え上がって消える。

美世は慌てて、静かに怒る婚約者の腕を引いた。

「だ、だめです!」

「別に構わないだろう。うるさいのが消えて清々する」

「か、構います。旦那《だんな》さまが人殺しになるのは、悲しいです」

せっかく、ちゃんと親子で話す機会があるのだ。無理に仲良くする必要はないかもしれないけれど、せめて話し合いで解決してほしい。

「…………」

「…………」

美世の必死の思いが通じたのか。根負けしたように、清霞は怒りの炎を鎮めた。

「仕方ない。言い訳くらいは聞くか」

「はい」

使用人の先導で二人が晩餐室《ばんさん》へ行くと、すでに夕食が用意され、葉月と正清が席に着いていた。

葉月も正清もにやにやしながらこちらを見ている。

「あら、ずいぶんゆっくりだったじゃない。玄関からここまで移動するだけなのに」

「うんうん。僕の予想では『ただいま帰ったよ、はにー』『おかえりなさい、だーりん』とか言い合っていたに違いないよ」

はにー？　だーりん……？　知らない言葉だが、外国語だろうか。

美世が首を傾げているうちに、隣から凍土にいるかのごとき冷気が放たれた。

「その気色の悪い妄想を今すぐ取り消せ。でないと燃やす」

「気色悪いとはなんだ。僕は芙由ちゃんとそうやって愛を確かめあっているのに！」

「え、お母さまと？　本気？」

ぷう、と子どもっぽく頬を膨らませる正清と、それに信じられないという目を向ける葉月。

だんだん収拾がつかなくなってきたことを察し、美世は「旦那さま」と呼びかけて清霞に席に着くよう促した。

「じゃあ皆さん、いただきましょうか」

家主の葉月によるかけ声で、各々カトラリーや箸《はし》を手に持つ。

本日の久堂家本邸の夕食は、皆それぞれで献立が違っていた。

料理人の配慮だろう、体調を崩しがちの正清には喉《のど》を通りやすい粥《かゆ》や豆腐を使った料理。葉月には野菜中心の彩り豊かなサラダやスープ。清霞にはいつも通りの魚や煮物などの和食。

美世の席に用意されたのは清霞とほぼ同じものだった。

洋風の香草と和風の調味料を用いた珍しい味付けの秋鮭。味噌汁《みそしる》にはほくほくとした、甘みの強いさつまいもが入っている。椎茸《しいたけ》やしめじ、舞茸《まいたけ》などのきのこをふんだんに使った和《あ》え物は、塩辛すぎず、出汁《だし》がきいていて味に深みがあった。

（変わった味……だけど、すごく美味《おい》しい）

さすが、久堂家の料理人だ。腕も気遣いも一流で、素人の美世では思いつかないような食材の使い方をしているのかもしれない。

参考にできるところは参考にしようと考えながら、美世はせっせと箸を動かす。

しばらくたち、食事も半ば進んだくらいで清霞が本題に入った。

「それで、昼間聞き損ねた件だが」

「あーうん。そうだったね。久しぶりの本邸の食事に夢中になっていたよ」

正清がははは、と笑い、それに清霞が苛立《いらだ》っているのがひしひしと伝わってくる。

「冗談はともかく。昼間も言ったように、僕がこちらに来たのはもちろん君たちや帝都、この屋敷の様子なんかを見たかったからなんだけれど。もうひとつの理由は、――清霞、美世さん」

未来の義父は名を呼ぶのに合わせ、清霞と美世を順に見てから、あらためて口を開く。

「二人を、僕と芙由ちゃんが住む別邸に招待しようと思ったからなんだ」

「！」

驚いたのは、美世だけだった。清霞も葉月もおおよそ予想していたのか、落ち着いている。

そして、清霞の返事もまた、ぴしゃりとひと言だけ。

「断る」

これには美世も驚かない。

先ほどからの彼の姿を見ていれば、こうなることは容易にわかる。

正直、美世は別邸に行ってみたい。けれど、清霞が嫌がるなら無理やり自分の要望を通すつもりもなかった。

「と、言いたいところだが」

落胆しかけたところへ、清霞が心底嫌そうに言葉を続ける。

「そうもいっていられなくなった。……不本意だが、その招待を受ける」

「おや、いいの？」

「仕事で、やむをえない事情ができた。別邸に滞在するのはついでだ」

「お仕事、なんですか？　わたしも行ってもいいのでしょうか？」

軍の仕事として行くのであれば、美世は邪魔になってしまうかもしれない。

不安になって訊《たず》ねると、清霞はわずかに微笑んだ。

「大丈夫だ。仕事自体も直接かかわらなければさほど危険はないし、別邸も守りは万全だ。お前が来ても問題ない」

「……それなら、よかったです」

こうして、美世は清霞とともに、正清の案内で久堂家の別邸を訪れることになったのだった。

◇◇◇

食事を終え、帰り際に清霞は正清に呼び止められた。

「清霞」

「なんだ」

つい、ぶっきらぼうな返事になってしまう。

清霞は父親に対して、複雑な思いが自分の中にあるのを自覚していた。

直接何かされたとか、そういうことはない。ただ、まだ家族全員でこの屋敷に住んでいた頃、あの母を野放しにしていた父に並々ならぬ不信感がある。それだけだ。

清霞がなかなか結婚相手を決めず、正清はずいぶん長い間やきもきしていたらしかった。

とはいえ、父自身が、その原因のひとつを作った母を止めなかったのだ。

だから正直、昔はいい気味だと思ったこともある。

（……今回もさっさと追い返すつもりだったんだが）

清霞は、ちら、と横に立って目を瞬かせる美世を見下ろした。

「さっき、言い忘れていたんだけれど」

正清に視線を戻し、無言で先を促す。

「実はね、最近、別邸の周りに不審者が出るんだよ」

「不審者？　別邸にも結界はあるだろう？」

「まあね。だから何かこちらに被害が出るとは思っていないよ。でも気になるじゃないか。ほら、もしかしたら君の仕事とも関係あるかもしれないし、一応伝えておこうと」

「……可能性はあるが」

清霞が請け負うことになった対異特務小隊の任務を思い返す。

任務の内容は、とある農村とその近隣で怪奇現象が起きるというもの。怪奇現象自体は大した規模ではないが、次代の帝《みかど》である堯人《たかいひと》の指名により清霞が対処することになった。

その農村というのが、正清たちの住む別邸のすぐ近くだったのだ。

おそらく偶然ではないだろう。清霞を指名してきた堯人には何か思惑があるはずだ。

「あと、できればなんとかしてもらえないかな、というのが僕の本音」

「時間があれば考えておく」

面倒だ、とため息が漏れる。

けれどたぶん、今までなら「自分でなんとかしろ」と切り捨てて終わりだったところを、そうしなかったのは隣の婚約者のせいだ。

美世の目が、『ちゃんと向き合え』と訴えてくるから。

「帰るぞ」

「はい」

清霞は美世に声をかけ、踵《きびす》を返した。
たとえ溝があろうと、親にきちんと言葉が通じて、向き合う機会が与えられていること
――それが幸運なことだと、美世と会って実感した。
ゆえに、嫌悪感を抱いている母親ともう一度だけ、会って向き合ってみようと思うのだ。

二章　揺れて、照れて

帝都から内陸へ、汽車で半日。

初めて鉄道というものを利用した美世《みよ》は、乗車中ずっと緊張しっぱなしだった。

これだけ大きな乗り物が動くのが信じられない上に、三人の乗り込んだ木造の一等客車は洒落《しゃれ》た内装で、なかなか落ち着かない。

朝一の便に乗り込んでからすでに数時間経つが、ぴんと背筋を伸ばした姿勢で、膝《ひざ》の上に両手を揃え強張《こわば》った表情のまま、動けずにいる。

「美世、もっと寛いでいいんだぞ」

「そ、そう言われましても……」

いつもの軍服姿ではなく、白いシャツに黒のズボンという楽な服装の清霞《きよか》は、なんとも優雅な仕草で新聞を読みながら言う。

とても、真似できそうにない。

「美世さん、お茶なんかどうだい。なかなか美味しいよ」

一方の正清《ただきよ》は、のんびりと自前の湯呑《ゆの》みを傾けている。しかし列車はそれなりに揺れるので、こぼしてしまいそうで怖くて飲めない。

「いえ……いいです」

「そうかい？　でも道のりは長いし、何か欲しくなったら遠慮なく言うんだよ」

「あ、ありがとうございます」

気遣いはありがたいが、そんな気分にはなれそうにない。

「それにしても」

葉月《はづき》は来られなくて残念だったね、と正清が呟《つぶや》いた。美世も、これには「本当に」とうなずく。

美世の旅支度を手伝ってくれた葉月は、今回の旅行に参加できなかった。どうしても外せない、大事な付き合いのパーティーがあるらしい。

『行きたかった、私も行きたかったわ～！　私が行かなかったら、誰が美世ちゃんをお母さまから守るのよ～！』

と叫んでいたけれど、これればかりは仕方ない。

「いないほうが静かでいいだろう」

「……でも旦那《だんな》さま、お義姉《ねえ》さんが可哀想です」

あんなに来たがっていたのに、とうっかり溢《あふ》れた美世の本音に、清霞は詰まった。ぐ、と眉間《みけん》にしわが寄る。

「……土産でも買っていけばどうだ」

「はい！」

やっぱり清霞は優しい。美世は自然に頬を緩ませた。

そんなやりとりをしつつ、途中で卒倒しそうなほどの緊張感で軽食などを挟み、昼まで列車に揺られる。

そしてようやく到着したのは、近年温泉地として栄え始めた町の駅だ。といっても田舎町であり、周辺は農村や山村に囲まれていて、その盛り具合は帝都とは雲泥の差である。

だが気軽に温泉に入れる上に、自然に囲まれたこの辺りは帝都よりも夏は涼しい。よって久堂《くどう》家の他にも、富者たちの別荘が近くにちらほらあるらしかった。

「さて、降りようか」

鞄《かばん》を掴《つか》んで、正清が立ち上がる。

美世がそれに続いて自分の荷物を持とうとすると、横から白い手が伸びてきてぱっと鞄を取り上げた。

「だ、旦那さま」

清霞は何も言わず、両手に自分の鞄と美世の鞄をそれぞれ持ち、歩いていってしまう。

「旦那さま、自分で持てます……！」

「構わん」

「いえ、でも」

すたすた歩く清霞のあとを追いかけながら、駅のホームに降りる。

すると降りてすぐ、ひとりの老齢の男性が三人を出迎えた。男性は燕尾服《えんびふく》を身に纏《まと》っており、きっちりと髪を整えている。ひと目で、どこかの家に仕える者だとわかった。

「おかえりなさいませ、旦那さま」

男性は深々と正清に頭を下げ、次に清霞と美世のほうを向いた。

「ようこそ、若旦那さま。若奥さま」

「久しぶりだな、笹木《ささき》」

「本当に、お久しぶりでございます。ますますご立派になられましたな」

笹木と呼ばれた男性は、清霞の紹介によると、久堂家別邸の管理人兼執事らしい。

にこにこと柔らかな笑顔を浮かべた彼は、格好こそかしこまっているものの、好々爺《こうこうや》然としている。

――いや、それよりも。

「わ、わか……わかおくさま……」

じわ、と頬が熱くなった。

まだ結婚していないのに、気が早くはないだろうか。　恥ずかしいわけではないが、照れる。

「ふふ。坊ちゃ――いえ、若旦那さま。実にお可愛らしい奥さまでございますね」

「そうだな。というか今、坊ちゃんと呼んだか？」

「いいえ、気のせいでしょう」

清霞は惚《とぼ》ける笹木に、やれやれと肩をすくめた。

駅の外に横づけされていた自動車に全員で乗り込むと、笹木の運転で別邸へと向かう。

駅の近くは宿泊施設や観光客向けの土産物屋などでそこそこ活気があったが、そこから離れていくにつれ、目に入るのが山や森、田畑ばかりになってきた。

別邸は自動車で十分ほど走った先、田畑のある農村部の外れの、ちょっとした森の中に立っていた。

森の中へ続く一本道はきちんと整備されているものの、すぐそばに山が迫っており、美世たちが暮らす小さな家の辺りよりもさらに自然が近い。

もしかして、野生動物が見られるのでは、と期待したが、残念ながらそれは叶《かな》わなかった。

「ふう、着いた着いた」

「長旅、お疲れさまでございました」

時折こほこほ咳《せ》き込みながら、正清は自動車から降りて大きく伸びをする。

外は少し寒かった。帝都の木枯らしもだいぶ冷たかったけれど、ここは山が近く帝都よりも少し高い土地なので、もっと空気が冷えている。

別邸を取り囲む木々もかなり葉が落ちていて、冬は間近らしい。

「空気がすごく澄んでいますね」

「これだけ自然に囲まれていればな。それより美世、寒くないか」

心配性な婚約者に、美世は首を横に振る。

「この羽織があるので平気です」

清霞が生地を選んでくれた羽織は、大のお気に入りだ。

美世のこの日の服装は、菊の柄の着物に『すずしま屋』でつい最近仕立ててもらった、藍色《あいいろ》の羽織を合わせている。

季節が変わるたびに着物や小物を新調してもらうのは心苦しいが、葉月などは「いいから、貢がせておきなさい」と言うので、今は素直に受け取っている。

「そうか。仕立てておいてよかったな」

「はい。ありがとうございます」

話しながら、笹木を先頭に四人は別邸の玄関を潜る。

別邸は帝都の本邸よりも、ひと回りかふた回りは小さい二階建てだ。しかし平屋で数えるほどしか部屋がない清霞の家よりは遥《はる》かに大きい、洋風の木造住宅だった。

外壁はやや黄味がかった白で、屋根は明るめの茶色。綺麗《きれい》というよりも、可愛らしい印象を受ける建物である。

笹木が重そうな木製の玄関扉を引き、美世と清霞、正清の三人が別邸に足を踏み入れる。

「おかえりなさいませ」

玄関ホールで一斉に頭を下げたのは、この家の使用人たちだろう。笹木と同じくらいの老齢の女性と、中年の男性がひとりに女性が二人、二十代の若い男性がひとり。それから三十代くらいの白いコックコートの男性の全部で六人だ。

そして真正面に、上品なドレスを着た女性が堂々と立っている。

「おかえりなさいませ、旦那さま」

ぱらり、と扇を広げた女性は、優雅に口元を隠して眉《まゆ》を寄せながら言う。

美世は清霞の斜め後ろで少しだけ、身体を緊張させた。おそらく、この女性が。

「けほ、ただいま！　変わりなかったかい、まいはにー？」

どう見ても不機嫌そうな女性——久堂芙由《ふゆ》とは対照的に、正清は顔を綻《ほころ》ばせ、早足で彼女に近づいていく。

「あたくしはその寒いやりとりには付き合わないと、何度言えば理解してくださるのかしら」

くだらない、と芙由は吐き捨てた。

けれど冷たい態度をとられたにもかかわらず、正清は笑顔を崩さないどころか、どこかうれしそうですらある。

傍から見ても、ひどい温度差だ。

「そんなこと言わないで。僕はただ、君という愛するはにーに……」

「あたくしたちに愛などありませんわ」

ぴしゃり。

言葉をはたき落とす音が聞こえてきそうなほど、見事な一刀両断だ。

自らの夫を冷たく切り捨てた芙由は、その切れ長の目で正清の背後にいる清霞と美世のほうを見る。

す、と流れるようなさりげない動作で、清霞は美世を背に庇《かば》った。

「清霞さん」

呼びかけた声はやはり、冷えていた。

芙由は鋭く切れそうな美貌《びぼう》の持ち主だ。しかもにこりともしないため、かなりの威圧感がある。

「ずいぶんと、ご無沙汰《ぶさた》でしたわね？　薄情な息子だこと」

「薄情？　そうでもないでしょう」

「正月も盆も顔を出さないなんて、親不孝だと思いませんの？」

「まったく思いませんね」

二人の間に、緊迫した空気が流れる。まるで親子らしくない、他人行儀な会話がどんどん場の緊張感を高めているようだった。

けれど、このまま清霞の背に隠れて、ただ状況を眺めているわけにはいかない。

美世はぐ、と身体に力を入れ、清霞の隣に立った。

「あの……！」

「おい」

清霞の控えめな制止の声に、うなずいて返す。すると、清霞は少し驚いたように息を呑《の》んだ。

美世は汗ばむ手のひらを握り込み、真っ直ぐに芙由を見つめた。

「あの、初めまして。わたし、斎森《さいもり》美世と申します」

「……………」

こちらを見ているのか、いないのか。芙由は何の反応も示さない。

「あの」

「清霞さん」

続けようとした美世の言葉は、耳に入っていないかのように遮られる。

隣から微《かす》かに舌打ちが聞こえた。美世が見上げた清霞の美しい横顔には、険しい表情が浮かぶ。

「清霞さん。なんですの、そのみすぼらしい付き人は」

——付き人。自分のことを言われたと、美世はすぐに理解した。

およそ十年、ずっと使用人扱いされていたのだ。今さらそう言われて落ち込みはしないけれど、久しぶりに心が抉《えぐ》られた気分だった。

そしてそれは、清霞にとっては看過できないものだったらしい。

「……付き人?」

「ええ、そうですわ。恥知らずにも、久堂家当主たるあなたの隣に立っている、その醜女《しこめ》のことです」

「…………」

「どこかの村娘かしら？　本当に粗末な見た目だこと。久堂家の当主たる者がそのような低劣な者を側に置くなんて、品性を疑われてよ」

口元は扇で隠し、まるで汚い物を見るように芙由は美世を一瞥《いちべつ》した。

それが限界だったのだろう。——屋敷の外に、落雷による轟音《ごうおん》が響いた。

「！」

一同が、鼓膜を激しく揺さぶる凄《すさ》まじい音に目を白黒させる中、清霞の地を這《は》う低い声がはっきりと聞こえた。

「……もう一度、言ってみろ」

「清霞、ちょっとやりすぎだよ」

冷静に正清が窘《たしな》めるが、清霞はそれを綺麗に無視する。

「もう一度、言ってみろと言っている。久堂芙由」

「なっ、あなた、自分の母親に向かって……！」

「母親？　笑わせるな。あなたのことを母親と認めたことは一度もない」

かっと、芙由の頬が朱に染まった。

それを清霞は、正清に向けていたものとは比べものにならない、絶対零度の眼差《まなざ》しで睨《にら》みつける。

「なんですって⁉」

「何を今さら。低劣なのはどちらだ」

嘲笑《ちょうしょう》を浮かべる清霞。明らかに自身の母を馬鹿にする笑みだった。

「私は今日婚約者を連れて行くと、事前に伝えていた。美世の名も知っていたはずだ」

芙由は閉じた扇を、折れそうなほど強く握りしめる。唇を噛《か》み、顔を赤くして、今にも爆発しそうだ。

周囲は口を挟むこともできず、固唾《かたず》を呑んで見守る。

「旦那《だんな》さま」

自分は大丈夫。そう伝えたくて、美世はそっと清霞の服の袖《そで》を引いた。

けれど、これに反応を示したのは芙由のほうだった。

「卑しい捨て子のくせに！　あたくしの息子に気安く触れないでちょうだい！」

怒鳴られ、つい肩がびくり、と上下してしまう。

捨て子――確かに、そうかもしれない。美世は妙に冷静な頭で思った。

実母は死に、実父には顧みられず。もちろん継母《ままはは》も、美世を娘扱いしなかった。孤児も同然だと、言われても仕方ない。だから、さほど腹も立たない。

しかし芙由の暴言に、今度こそ清霞が大爆発してしまうのではないかと、使用人たちは気が気でない様子だった。

「あなたのようなろくな育ち方をしていない娘を、この久堂家に迎え入れられるわけがありませんわ」

「…………」

「ほら。だんまりで、何も言い返せもしない。学がない証拠でしてよ。清霞さん、あなただってわかっているでしょう?」

「黙れ」

清霞が言い放つのと、彼と芙由の間に正清が割って入ったのは同時だった。

「二人とも、もうやめなさい」

芙由は不服そうに眉を寄せてそっぽを向く。

清霞は「行くぞ」と美世の手を引いてずんずん歩き出した。そして二階へ続く階段の手前で立ち止まると、もはや怒りや憎しみすらない、見下しきった目で自身の母を見る。

「次に美世に何か言ったら殺す」

「殺……っ!?」

ぎょっと目を剝《む》いたのは、その場にいる清霞以外の全員である。

冗談、と笑い飛ばせた者は誰もいなかった。清霞の態度が全てを物語る。本気で、殺すつもりだと。

「……清霞」

正清だけが苦々しく呟《つぶや》いたが、他は誰もが口を噤《つぐ》んだまま。美世は静かに激怒する清霞に連れられてその場を後にしたのだった。


後ろから慌ててついてきた笹木に案内された部屋は、二階の角部屋だった。

日当たりが一際いい部屋で、かなり広い。人が三人は余裕で眠れそうな大きな天蓋《てんがい》付きのベッドや、ゆったりとした豪華な椅子とテーブルが置かれ、壁紙は無地かと思いきや、近づくと緻密《ちみつ》な模様が浮かび上がっているのが分かる。

さらに部屋の奥にはタイル張りのバルコニーまである。

(広いわ……)

美世はこっそりと隣の婚約者の表情をうかがう。

話しかけたいけれど、その無表情が少しだけ怖い。

「では、このお部屋をお二人でお使いください。何かあれば、また呼んでいただければ対応しますので」

「ご苦労だった」

室内に荷物を運び終わった笹木が、一礼して退出する。ぱたり、と扉が閉まった途端、清霞が息を吐いた。

「……すまない、美世」

何に対する謝罪かは、美世にもわかる。でも、清霞が謝ることではない。

「旦那さま」

旦那さまのせいじゃありません、と言おうとしたのに。

清霞は割れ物でも触るかのように、優しく美世を自分の腕の中に包み込む。突然のことで、言いかけた言葉はどこかへ飛んでいってしまった。

「すまない。嫌な思いをさせた」

清霞の手が美世の頭を何度も撫《な》でる。

彼の香りに包まれ、温《ぬく》もりを感じ……ゆっくりと頭を撫でられるたび、強張《こわば》っていたものが解けていく気がした。

温かくて、安心する。

慣れているから、あのくらいの悪口を言われても平気だと思っていた。けれど、案外そうでもなかったのかもしれない、とそこで初めて気づいた。

「わかっていたのにな、母があああいう人間だと」

苦しげな呟きからは、強い後悔が伝わってくる。

「旦那さま……」

「すまない。私のせいだ」

なんだか、美世よりも清霞のほうがずっと悲しんでいるみたいだ。眉間《みけん》のしわは深く、いつもより眉尻《まゆじり》が下がっている。

「大丈夫です。わたしは、大丈夫です。旦那さま」

「しかし」

美世自身は芙由に言われたこともっともだと思うけれど、ここで「本当のことだから仕方ない」と言ったら、もっと彼を悲しませる。

だから、努めて前向きなことを口にする。

「わたし、あの、できるだけ頑張ります」

「美世……」

「過去は変えられませんけど、やっぱりわたしは……お義母《かあ》さまとも仲良くしたい、です」

血が繋《つな》がっているから、家族だから――だから無条件にわかりあえるわけではないことを、美世はよく知っている。

けれど、それですぐ諦《あきら》めていたら絶対に信頼関係は生まれないのだとも、今はちゃんとわかっているから。

(わたしは、逃げない)

どうしたら芙由に理解してもらえるか、見当もつかないけれど。

それでも、昔と違って美世はひとりではない。もしだめでも……清霞は味方でいてくれる。葉月も。もう決してひとりぼっちになったりしないから、頑張れる。

「ですから旦那さま。しばらく見守っていて、くださいますか?」

すっぽりと美世を腕の中に覆う清霞は、む、と顔をしかめた。

いつものしかめ面、というよりは、どこか拗《す》ねたような表情だ。それがなんだか、子どものようで可愛らしく、思わず笑ってしまう。

「……仕方ないな」

「ありがとうございます」

「だが、さっき殺すといったのは本気だからな。また何か言われたら、報告しろ。迅速に灰にする」

「こ、殺すのは、だめですよ……?」

一応、念を押しておく。

自分の親を殺すという言葉を本気だとは考えたくないが、さきほどの殺気は本物みたいで少し、怖かった。

「止めるな」

「え、あ、あの、止まってください」

清霞はようやく、はあ、というため息とともに美世を解放する。

身体を包み込んでいた温もりが離れて、なんだか寂しいような――。

（さ、寂しい……？）

抱きしめられて落ち着いて、離れたら寂しいなんて。自分は、もっと清霞の腕の中にいたいと思っていた、のだろうか。

さすがにはしたない。淑女失格かもしれない。

熱くなった頬を隠すため、反射的に両手で覆った。頭の中がぐるぐるとのぼせて、目が回りそうだ。

「まあ、いいだろう。――さて、まだ夕食まで時間があるな。少し、村のほうへ出てくる」

「休まれないのですか？」

日は頂点をやや過ぎたところ。山の近くは日暮れが早いというが、それにしてもまだ時間はかなりある。

「ああ。移動中は座っていただけだしな。ここにはあまり長居もしたくない。今のうちに様子を見るだけでもしておく」

清霞は上着を羽織り、ポケットに財布だけ入れる。

どうやら、本当にただ様子を見に行くだけらしい。

「あの、わたしは」

強がってあんなことを言ったはいいが、やはりいきなりこの別邸に置いていかれるのは心細い。今になって、葉月についてきてもらえなかったのが悔やまれる。

「お前はここで休んでいていいが……」

いったん言葉を切り、清霞はわずかに逡巡《しゅんじゅん》する。そして、

「疲れていなければ、一緒に来るか？」

と初めて、美世を仕事関係の外出に誘った。


近くの農村は、人口がおよそ百人。別邸からは歩いて十五分くらいの距離にある。

聞いた話では、ここでも温泉が湧くようで、観光客向けの小さな民宿が一軒あるという。

土産物を置いた商店もあり、地方の農村にしては栄えているようだ。

道は帝都のように舗装されていないが、平らに均《なら》されて比較的歩きやすい。

たまに吹く風は冷たく、美世は一瞬、首をすくめた。

「今回の任務は、おもに調査だ」

「調査、ですか？」

実力者である清霞が派遣されるのだ。余程強力な異形との戦いでも起こるのかと思っていたが、そうではないらしい。

聞き返した美世に、清霞は軽くうなずく。

「ああ。……この辺りで、妙な怪奇現象が起こると報告があってな」

妙な怪奇現象とは、それこそ妙な言い回しではないか。

普通では考えられないような、おかしなことが起こるから怪奇と言われているのに、さらに妙とは、いったいどういうことだろう。

美世の疑問を察したのか、「妙な、というのは」と清霞は説明する。

「想定されていない現象、という意味だ」

「想定されて、いない……？」

「そうだ。例えばだが、この国の各地には土着の伝承があるだろう？」

その土地土地で、言い伝えられている伝承、民話。

美世は学がないのであまりよく知らないが、有名な昔話ならいくつかは思いつく。それらの話には、舞台となった土地があるはずで。

「この土地にも、そういった伝承がある。ありふれた話だが……狐や狸が人を騙《だま》すものや、この地に縁《ゆかり》の人間が幽霊になって化けて出るようなものだ」

つまり、この辺りの土地ではそれらの伝承にまつわる怪奇現象ならば、いつでも起こりうる。そしてそういった場合、大抵は対策方法をその土地の人々はよく知っていた。

だから、清霞たちの出る幕も大してないのが常である。

ところが、今回調査する現象には当てはまる伝承がない。

「報告によると、角の生えた大柄な鬼のような影を見た……というような証言が、相次いでいるようだ。しかし、この地にそれと合致する言い伝えも確認できなければ、今までに似た現象が起きた記録もないという」

「……起きるはずのない現象が起きている、ということでしょうか」

「厳密には違うがな。怪談話なんてものは、どこでも日々新しく生まれている。まったく新しい噂話から、新しい異形が誕生することもある」

対異特務小隊《たいいとくむしょうたい》の任務には、そんな原因不明の『妙な』怪奇現象の原因の調査も含まれていた。

人は正体のわからない、自分たちがよく知らないものを怖がる。この辺りでは馴染《なじ》みのない怪奇現象が起これば、人々は恐怖し、その想像力はさらに異形に力を与えるだろう。

「もし原因が異形であるならば、芽は早いうちに摘まねばならない。原因が異形ではなかったとしても、ただの噂話が本当に異形として力を持つ前に解決する。それが私たちの仕事だ」

「な、なるほど……？」

わかったような、わからないような。

基本的に世間知らずで知識が足りない美世には、やや難解な説明だった。

「とにかく」

ぽん、と清霞が片手を美世の頭の上に乗せた。

「まずは状況の把握と聞き込みだ。しばらく付き合ってくれ」

「はい」

つい口元が緩んでしまう。

清霞と出かけられるのがうれしい。それにこうしてすべてでなくとも仕事について話してもらえるのは、彼が美世を信じて認めている証拠のようで、もっとうれしくなる。

いろいろな力が足りないせいで、きちんと清霞の手伝いができないのは歯痒《はがゆ》いけれど。

別邸を囲む森を抜け、わずかに下り坂となっている道を歩いていくと、村まではすぐだった。

村の入り口のような場所に、雑草にまみれた小さな地蔵が立っている。

「お地蔵さま、ですよね」

「ああ」

ごく自然な動作で膝《ひざ》をつき、地蔵に手を合わせる清霞。美世もそれに倣う。

「……あのお地蔵さまも、何か、お話があるんですか？」

地蔵の前を通りすぎてから美世が尋ねると、清霞は首を横に振った。

「あるかもしれないが、今回の件には関係ないだろうな」

「そう、なんですか？」

ああ、と短く答える清霞のあとをついていく。

「あれはまあ、挨拶《あいさつ》のようなものだ。私たちは余所者《よそもの》だからな」

とっくに稲刈りも終わり、農閑期にさしかかった村はどこか寂しい。ちらほらと人は見かけるけれど、美世たちのような外から来た人の姿はない。

視線を感じるのは、美世たちが周囲から浮いているからだろう。

「あそこで話を聞いてみるか」

清霞が指し示したのは、雑貨や土産物を売っている商店だった。

「ついでに土産も見ていけばいい」

「はい！」

遠出するのが初めてならば、誰かのために土産を選ぶのも初めてだ。

美世はわくわくと心が躍るのを抑えられない。

「うれしそうだな」

「はい。すごく楽しくて、うれしいです」

「……もっと、賑《にぎ》わっている場所にすればよかったな」

そのほうが、もっと珍しいものがたくさんあって楽しかったのではないか。

清霞が暗い表情で言うので、美世は慌てて否定した。

「そんなことありません！　ここで、よかったです」

「不甲斐《ふがい》なくて、すまない」

やはり、清霞はまだ美世に嫌な思いをさせたと気に病んでいるようだ。

ここへ連れてきてくれたのは、美世の気を晴らそうという心遣いもあるのかもしれない。

「旦那《だんな》さまは、不甲斐なくない、ですよ？　……は、早く行きましょう」

口にしてから急に恥ずかしくなってくる。熱くなった顔を背けて、清霞の上着の袖《そで》を引いた。

「あ、ああ」

何やら互いに気恥ずかしくて、顔が合わせられない。

ぎこちない空気を漂わせ、二人は商店に入った。

「いらっしゃい」

店番をしているのは、老齢に差しかかったくらいの女性だ。入店した二人をちらりと見ると、すぐに手元のそろばんに視線を戻す。

店内は、かなり雑多な印象だった。

品物は食料品から日用品、ちょっとした装飾品類や、古着まで売っている。加えて、多くはないが観光客向けの土産物も置いてあった。

どこか埃《ほこり》っぽい匂いがするが、やや古びた木造の小さな商店は、なんとなく親しみやすい雰囲気だ。

「ふむ、さすがに品数は多くないな」

店員の女性に聞こえない程度の小声で、清霞が呟《つぶや》く。

確かに帝都の商店と違い、洗練されているとは言い難く、広さもなければ商品の新しさもない。

世間知らずな美世だが、生まれも育ちも帝都のため、こんな店は初めてだった。

(でもわたし、こういうお店は好き)

綺麗《きれい》で洒落《しゃれ》た店よりも、落ち着く。

「……楽しいお店ですね、旦那さま」

「そうか？」

「旦那さまは、こういうお店、前にも来たことありますか？」

「ああ。今回のように出張になることも多いからな、うちの小隊は」

対異特務小隊が向かうのは、昔ながらの言い伝えやらが多く残る、地方の農村や山の中ばかりらしい。

店内を見回していると、美世はふと気になるものを発見した。

(可愛い)

店番の女性がいる店奥の、勘定台に近い棚に、小さな木彫りの動物の置物が並んでいる。

おすわりする犬や丸まって眠る猫、じっと蹲《うずくま》る兎に、羽ばたきをする小鳥など、手のひらに収まる大きさの、可愛らしい動物たちばかりだ。

「気に入ったのかい？」

声をかけられて顔を上げると、いつの間にか女性がじっと美世のほうを見ていた。

「はい。あの、可愛い置物ですね」

「そうかい。……そいつはこの辺りじゃよくある土産物だよ。定番ってやつだね」

「手作りなのですか？」

「そうさ。山で伐《き》ってきた木でね。冬の、畑仕事が暇なときに作ってんのさ」

すべて手で彫っているとは信じられない、細やかな仕事である。

自然に、すごい、と感嘆が漏れていた。

「買うのか？」

「……いいですか？」

後ろから、ぬ、と顔を出した清霞に訊《き》けば、「もちろん」とうなずく。

「いくつ買っても構わない」

「そ、そそそんなにたくさんは……」

「おや、買っていってくれないのかい？」

もっと買ってほしいものはないのか、と心なしか期待している様子の清霞と、残念そうな女性の圧に負け、美世は躊躇《ためら》いがちに並んでいる動物を一種類ずつ手に取った。

代金を女性に支払い、巾着《きんちゃく》にしまう。

「まいどあり」

「こちらの会計も頼む。あれを買いたい」

清霞が指したのは、なんと店の隅に鎮座する大きな酒樽《さかだる》だった。

どうやって持って帰るのか、美世が不思議に思っていると、どうやら村の若衆が後で別邸まで運んでくれるらしい。

「お二人さん、帝都から来たのかい」

酒の代金を勘定しながら、女性が問うてくる。

「ああ」

「あんな大きな屋敷を持っているなんて、金はあるところにはあるもんだね。……まあ、最近は物騒な噂もあるし気をつけることさ」

物騒な噂。美世と清霞は顔を見合わせた。

「その噂とは?」

妙なところに食いついた、と言いたげな女性。

しかし、清霞の仕事にかかわる大事な情報の可能性がある。

「あたしも詳しくは知らんよ。木を伐りにいった連中が化け物を見たとか、村はずれのおんぼろ小屋に怪しい余所もんが出入りしてるとかね。ま、いろいろさ」

そう言って、女性は肩をすくめた。

「……おんぼろ小屋」

ふむ、と清霞が顎《あご》を撫《な》でながら考え込む。

化け物がどんな姿形だったか、時間や状況、怪しい余所者とは。清霞はおそらくもっと詳しく女性に聞きたいだろうが、様子からして彼女もよくは知らなそうだ。

ここで無理に問いつめて、悪感情を持たれるのもよくない。

「気をつけよう。世話になった」

くるりと背を向けて、清霞は店の出入り口に歩いていく。

美世がその後を追おうとすると、女性が「ちょっと待ちな」と呼び止めてきた。

「手を出しな」

「?」

言われるまま出した両手に、ころんと何か小さなものが載った。

「あ……可愛い」

それは、先ほど美世が購入した動物の置物と同じ細工の、亀の置物だった。

「おまけだよ。たくさん買ってくれたからね」

「でも」

ただでもらうのは悪い。返そうとした美世を、女性が笑って止める。

「あんたたち、新婚かなんかだろう？　ささやかだけどお祝いさ。亀は縁起がいいからね」

――新婚。

何も知らない他者からもそう見られていると思うと、恥ずかしさと動揺で顔が上げられない。

「あ、あの、どうして……？」

「見ているこっちが恥ずかしいくらいの初《うぶ》さだからね。あんたの旦那、いい男じゃないか。とびきりの色男だしさ。仲良くやるんだよ」

美世はなんとなくまだ結婚していない、とは言い出せず、蚊の鳴くような声でなんとか礼を口にする。そして、長い髪が揺れる広い背を急いで追いかけた。

夫婦、結婚。そんな言葉がただ、ぐるぐると巡る。

きっと、結婚しても日常生活が大きく変わってしまうことはないだろう。けれど、やはりただの婚約者と夫婦は決定的に違う。それくらいは、美世にもわかる。

（わたしの心臓、破裂したりしないかしら……）

現時点で、こんなにもどきどきするのに。

「美世。用は済んだか」

「はい」

幸せだ。どこよりも清霞の隣にいるだけで、心が温かくなって、安らぐ。自分はここにいていいのだと思える。

その一方で、痛いくらいに胸が高鳴るのはなぜだろう。

(わたしは、旦那さまを……)

心から、慕っている。その気持ちが、どういう種類のものなのかは、わからないけれど。

村の周りをひと巡りし、美世と清霞は別邸へと戻ってきた。

商店の女性が言っていたおんぼろ小屋——村はずれの廃屋の場所も確認してきたが、詳しい調査は明日、清霞がひとりでするそうだ。

危険だと言われてしまったので、美世が付き合うことはできないだろう。

「おかえりなさいまし」

二人を出迎えたのは、女中のナエだ。

笹木の妻であるナエは、細い目とひょろりと細長い身体つきが特徴的な老女で、どことなく気の弱そうな雰囲気がある。

どうやらこの家の使用人は、笹木一家でほとんど構成されているらしかった。

働いているのは笹木夫婦と笹木の息子夫婦、若い男性は笹木の孫だという。それに加えて料理人がひとりと、未亡人の女中がひとり。

普段この別邸に住んでいるのが正清と芙由の二人だけなので、多いくらいかもしれない。

「ああ」

「ただいま帰りました」

清霞と美世がそれぞれ返事をすると、ナエが細い目をさらに細めて笑った。

「お疲れさまでございました」

「ナエ、夕食の席にあの人は来るのか？」

あの人、とは芙由のことだろう。

清霞がものすごく嫌そうなしかめ面なので、ナエにもすぐわかったようだった。瞬時に笑みを引っ込め、ゆっくりと首を横に振る。

「いいえ。今晩、奥さまはお部屋から出るつもりはない、とおっしゃって。……その、言いづらいのですが——」

「言わんでいい。どうせ癇癪《かんしゃく》を起こして、美世と同じ卓を囲みたくないとか、口汚く言ったのだろう。本当に変わらず反吐《へど》が出る」

「失礼いたしました。夕食の準備が整いましたら、お呼びいたします」

「頼む」

その後、二人で部屋に戻って荷物の整理をし、夕食の時間になった。

ナエの言った通り芙由は姿を現さず、食事の時間は和やかに過ぎていった。

とはいえ、清霞は正清に話しかけられても適当に相槌《あいづち》を打つだけ。美世も何か問われれば答えるくらいで、ほとんど正清の明るい性格だけでなんとか間を持たせた、という感じだ。

――そして食事を終え、入浴を済ませた美世は、深刻な問題に直面する。

（……お布団が、ひとつしかないわ……）

案内されたときはうっかり流してしまっていたが、美世と清霞は二人でひと部屋。さらに、部屋にはベッドがひとつ。いろいろあって、そこまで気が回っていなかった。

たぶん、客室が足りないから二人でひと部屋になった、というわけではない。空いている客室は一階にもあったし、二階にも他に空き部屋はある。

しかもご丁寧に、広いベッドに枕が並んで二つ置かれていた。

（こ、これって、まさか旦那《だんな》さまと一緒のお布団で……？）

緊張で、ひやり、と指先が冷たくなった。すっと血の気がひく。

どうしよう、どうしようと、結論の出ない自問を繰り返すけれど、答えが出るはずがない。この部屋にはソファや長椅子がないので、寝られるのはベッドか床だけだ。

（べ、別の部屋を使わせてもらうしかないわ）

そうだ。まだ正式な夫婦ではないのだから、別々の部屋にしてほしいと言えばいい。そうすれば解決する。

思い出してみれば、笹木も駅で初めて会ったとき美世のことを「若奥さま」と呼んだ。実際に来年の春には祝言をあげるのだし、すでにほとんど夫婦扱いなのかもしれない。

（でも、でも、まだ婚約者だもの）

同じ布団で眠らなければならない理屈はないはず。

何も緊張することはない。ただ部屋の外に出て、別の部屋を用意してもらうだけだ。この時間に余計な手間をかけさせてしまうのは申し訳ないけれど、これぱっかりは美世も困る。

そこで、はたと違う方向に思考が飛んだ。

（い、いえ、別に旦那さまと一緒のお布団が嫌なのではなくて。ただ、ま、まだ、まだ心の準備が……できてないだけでって――わたしったら、何を考えているの？　恥ずかしい）

美世が大混乱を起こしていると、がちゃり、と部屋の扉が開いた。

「……何をそんな、赤くなったり青くなったりしているんだ」

「ひっ！　だ、だだだ旦那さま！」

よく考えれば黙って部屋に入ってくるのは清霞くらいしかいないのだが、美世はつい驚いて少しだけ飛び退く。

やましい、というか、恥ずかしい想像をしていたせいで、居たたまれなくて死にそうだ。

「ひって、お前……」

呆《あき》れたような清霞の声に、ますます恥ずかしくなってくる。

しかも彼からほのかに香る、いつもと違う石鹸《せっけん》の匂いでなんとなく、頭がくらくらする。

正確には、匂いではなく羞恥《しゅうち》と混乱のせいかもしれないが、それどころではなかった。

「ご、ごめんなさい！」

「いや、責めているわけではないんだが。で、なぜこんなところに突っ立っているんだ？」

「ええと、あの、それは……」

まさか、ベッドがひとつしかなくて困っているところから、おかしな方向にまで発展した妄想を繰り広げていました、なんて言えない。

「……あの、その、ベッドが」

しどろもどろになりながら視線を泳がせる美世に、清霞はちらりと問題のベッドを見遣《みや》って、納得したらしい。

「ああ。どうせ父の指示か、笹木が変な気を回したのだろう。別に広さは十分なのだから、普通に寝ればいいと思うが」

「!?」

(普通……？　普通ってなんだったかしら)

二人で同じ布団に並んで寝る。そのこと自体がすでに異常事態だ。

美世にとって清霞は、最初は同居人だったが今は家族のような存在になった。しかし、たとえ家族であっても一緒に寝るのは普通ではないだろう。幼児じゃあるまいし。

そうでなければ一般的な夫婦のように、ということになるけれど、それこそ覚悟ができない。

(寝るの？　本当に？)

無理だ。絶対に無理。ただ並んで寝るだけだとしても、緊張してひと晩中落ち着かず過ごすに決まっている。

それに昼間のこともある。芙由に認められないまま、何もしないままで心を決めてしまうのは何か違う気がした。

「美世？」

「わ、わたし、やっぱり別のベッドを用意してもらいます……！」

ごちゃごちゃ、ぐるぐるとした思考を放棄し、美世は部屋から逃げ出した。

三章　義母と直面

翌朝。

朝食を終えた美世《みよ》は、ナエから芙由《ふゆ》が呼んでいる、と告げられた。

「お義母《かあ》さまが？」

「はい。すぐに部屋に来るように、と」

ナエはにこやかに、しかし淡々とした口調で言う。

どうしよう。美世の頭に真っ先に浮かんだのは、困惑だ。

朝食をとってすぐ、清霞《きよか》は昨日聞いた廃屋の調査へ向かった。村でもう少し話も聞いてくると言っていたので、きっと帰りは遅くなるだろう。

（お義母さまと仲良くなりたいとは言ったけれど……）

失礼かもしれないが、昨日の調子では、美世がひとりで会えば何を言われるか、何をされるかわからない。

正清《ただきよ》を当てにするのは筋違いだろうし、清霞がいない今、迂闊《うかつ》に芙由に近づくのは危険だ。

——でも。

(怖がって、近づかないでいたら何も変わらないわ)

まず行動を起こさなければ。どのみち、これは美世と芙由の問題。清霞を頼ってばかりではいけない。自分でできる限りのことはするべきだ。

(勇気を出さなくちゃ)

美世はぐ、と拳《こぶし》を握る。

きっとなんとかなる。心に言い聞かせ、「すぐに参ります」と答えた。

ナエの先導で、急いで二階にある芙由の部屋へ向かう。ナエが扉を叩《たた》くとすぐに、入るようにと返事があった。

芙由の部屋は、目が痛くなるほど豪奢《ごうしゃ》だった。

家具はすべて舶来品なのだろう、金で縁どられ、細やかな花模様と華奢《きゃしゃ》な意匠が特徴的で美しい。毛足の長い絨毯《じゅうたん》はふかふかで、精密に計算されて作られた優雅な形の照明が明るく輝いていた。

天井と壁は女性らしい柔らかな桃色がかった白。やはりこちらも、光の加減で洒落《しゃれ》た蔓《つる》草《くさ》模様が浮かんで見える。まるで西洋の宮殿の一室のようだ。

美世には眩《まばゆ》すぎてあまり居心地のよくない部屋だが、華奢な椅子に優雅に腰かける芙由はどこかの国の王族かと思うくらい、堂々としていた。

「ナエ、あれをお持ちなさい」

「かしこまりました」

不機嫌そうに美世を一瞥《いちべつ》してから、芙由はナエに何やら言いつける。そしてナエが下がると、ことさら大きな音を立てて手の中の扇を閉じた。

「……まったく、清霞さんにも困ったものだこと。こんな貧相な、薹《とう》が立った娘を連れてきて、婚約者にするだなんて」

返す言葉もない。

美世は年が明けたらもう二十になる。薹が立っている、という言い方はやや大袈裟《おおげさ》にしても、結婚するのに遅すぎる年齢なのは事実だ。

出自も年齢も、反論できるような材料を美世は持ち合わせていない。

「しかも、斎森《さいもり》家の娘なんて。あんな家と縁を結んだところで、なんの利点もないわ」

それに、と美世を睨《にら》んで、芙由は言葉を続ける。

「あなた、異能も持たないのですって？」

美世はびくり、と肩を震わせた。

（異能は……本当は、あったみたいなのだけど……）

それは正直に伝えるべきなのだろうか。

どう答えていいのかわからず困惑する美世に、芙由は弱みを突いてやった、と少し気を良くしたらしい。

美しい顔に、歪《ゆが》んだ笑みを浮かべる。

「家柄は大したことがない、異能もない、美しくもなければ、あたくしに言い返す頭もない。あなた、自分がこの久堂《くどう》の家に相応《ふさわ》しいと思って？」

「それは、あの……いいえ」

そんなふうに問われたら、こう答えるしかない。

「まあ。わかっていて、恥知らずにも清霞さんと結婚しようと考えているの？　あの子に自覚があるかはわからないけれど、清霞さんがあなたに抱いているのはただの同情。親に売られたも同然のあなたを不憫《ふびん》に思って、世話をしているだけにすぎなくてよ」

美世はつい、一理あるかもしれない、と納得してしまった。

今は違うと思うけれど、きっと美世が清霞に初めて会った頃——あの家で暮らすようになった頃の彼の心境は、そんなものだっただろう。

話しているうちに、ナエが戻ってきた。

「奥さま、お持ちしました」

「その娘に渡しておやりなさい」

「はい」

ナエから渡されたのは、柄のない紺色の着物だった。飾り気はないが上品なその着物は、ナエたち女中が着ているものと同じに見える。

「これは……」

「すぐにそれに着替えなさい」

どうして、と美世が問い返す前に、芙由は嗤《わら》いながら言う。

「あなたなんて、その仕着せで十分でなくて？」

「でも」

美世が今着ているのは、清霞に『すずしま屋』で買ってもらった着物だ。つまり最高級品なわけだが、それ以上に美世にとって大切なのは清霞に買ってもらったということ。

高級か否かではない。

（……でも、お義母さまはまだ、わたしのことを何も知らないもの。今のわたしが何を言っても納得してはもらえない）

自分のことをまず知ってもらおう。そのためには、口で何か言うよりも態度で示したほうが早くて確実だ。

「わかりました。着替えます」

しばらく芙由の言う通りにしてみる。それで美世のことを、美世がどれだけ本気で清霞の妻になろうとしているのかを理解してもらう。すべてはそこからだ。

(お義母さまに認めてもらいたい)

一緒にいたら、仲良くなるきっかけも見つかるかもしれない。

美世は芙由に断ってからいったん自室に戻り、手早く着物を着替えた。そして、着替えてみて驚く。

久堂家の女中の仕着せだという、この着物。紺に染められた布地はそれなりに値が張る品だろう、手触りがさらさらとしていて気持ちがいい。

使用人のためのものとは思えないくらい、とても着心地が良かった。

斎森家の使用人にも仕着せがあったけれども、こんなに高いものではない。もちろん、美世が以前持っていた着物なんて、これに比べたら衣服とも呼べない襤褸《ぼろ》である。

(さすが、久堂家は使用人にもちゃんとお金をかけているんだわ……)

やっぱり一流の名家はこういうところから違うのだ、と美世は素直に感心した。

芙由は、着替えて戻ってきた息子の婚約者の姿を見て、大いに満足した様子だった。

「あら、とても似合っていてよ。その着物」

「恐れ入ります」

丁寧に頭を下げる。

なんだか、実家にいた頃を思い出す光景だ。あの頃は、毎日こんなふうに嫌みを言われていた。

思い出したらもっと苦しくて、泣きたい気持ちになる気がしたのに。

(どうしてかしら……。あまり悲しくないわ)

懐かしい、と思う。でも、それ以上の何かは感じない。清霞と出会って、冷え切っていた心をゆっくりと温められて。今こうして嘲笑《あざわら》われても心は温かいままだ。

「まあ。あなた、本当に使用人が板についているわね。ではこのまま、掃除でもしてもらおうかしら」

「はい」

「ナエ。この娘をあなたたちと一緒に働かせなさい」

芙由から指示されたナエは、困ったように少し眉《まゆ》を寄せる。

「奥さま、本当によろしいのですか……?」

「何かしら。ナエ、あなた、あたくしの言うことが聞けないというの？」

「いいえ、滅相もございません。ただ、若旦那《わかだんな》さまがなんとおっしゃるか」

この状況が清霞の耳に入れば彼はまた、激しく憤るだろう。でも、他ならぬ美世自身が清霞に頼ることを望まない。

これは芙由を理解するのに必要なことだから。——言えば、彼もわかってくれる。きっと。

美世は思いきって、声を上げた。

「わたし、お掃除します。やらせてください」

「ほら、本人がこう言っているのだもの。遠慮することはなくてよ、ナエ。とことん使っておやりなさいな」

芙由は再び、ぱらり、と扇子を開いて口元を隠す。

優雅で、少しも隙のない仕草だ。見せつけるようなそれは、美世がやっても決して様にならない。まるで、絶対にわかりあえないと、はっきり境界線を引かれたようだった。

くじけそうになる心を励まし、美世は前を向く。

「がんばります。よろしくお願いいたします」

「ナエ」

「……はい。ではまず、窓拭《まどふ》きをお願いしてもよろしいでしょうか」

躊躇《ためら》いがちに言ったナエに、美世はうなずいた。

「窓拭きですね。わかりました」

とりあえず、不可能なことではなくてほっとする。

できないことを言いつけられたらどうしよう、と思っていたけれど、よく考えたら使用人の仕事が無理難題のはずがない。実家にいたときのようにやればいいはずだ。

バケツに水を汲《く》み、布を浸す。

まずは芙由の部屋を、と指示されたので、美世はナエに道具の在処《ありか》だけ聞いてからさっそく作業を開始した。

踏み台に上り、よく絞った布で広い硝子《ガラス》窓を拭いていく。そのままだと拭き筋が残るため、ある程度拭いていったら今度は乾いた布で水気をとるように磨いた。

芙由は始終、不快そうに眉を寄せて美世の動きを観察していて、時折、

「そこ、まだ曇りが残っているのではなくて？　ああいやだ、雑用もろくにできないのかしら」

などと嫌みを口にしていた。美世はそれに対して「申し訳ありません」と頭を下げ、よりいっそう気合いを入れ磨き直す……ということを、ずっと繰り返した。

実家や今の住まいよりも立派で大きな窓に掃除もやや手こずったが、硝子はもとより、窓の桟や枠までぴかぴかに磨きあげる。

「あの、ナエさん。いかがでしょうか」

ナエを呼び止め、掃除した窓を見てもらう。

久堂家の熟練の女中は「まあ」と目を丸くし、細かいところまで点検すると、うなずいた。

「完璧《かんぺき》でございますね。素晴らしい。いかがでしょう、奥さま」

「ふん。次の仕事をやらせなさい。休む時間など与える必要はなくてよ」

どうやら合格したらしい。意外にも罵倒《ばとう》のひとつもなく、美世はほっと胸を撫《な》で下ろす。

それから、昼食の時間まで本当に少しの休みもなく、美世は次々と与えられる仕事をこなしていった。

廊下の窓拭きに、絨毯《じゅうたん》の埃《ほこり》払い。手洗い場や風呂《ふろ》場など水回りの掃除。

芙由はたまに様子を見にきては、きつい言葉で謗《そし》る。美世はそれに謝りながら熱心に手を動かしていた。

すると、この家の女中たち——ナエや、彼女の息子の嫁であるミツ、未亡人の夏代《なつよ》がかわるがわるやってきて、手伝ってくれた。

やはり、実家とは違う。

（お義母《かあ》さまは、口は出しても手は出さないわ）

美世の存在そのものを否定するような罵倒と、すぐさま飛んでくる平手打ち。

継母《まはは》や異母妹と一緒にいれば、それが日常茶飯事だった。実家の使用人たちは腫《は》れ物に触るように美世に接したし、いない者のように扱われることもよくあった。

彼らを責めることはできない。彼らだって生活がかかっていて、女主人の機嫌を損ねれば一瞬で馘首《かくしゅ》されるのは目に見えていたのだから。

けれど、いつだって空気がぴりぴりとしていて、使用人同士ですらあまり和気藹々《わきあいあい》とした雰囲気にならなかった斎森家と比べ、ここはまったく違った。

ただ美世に触れたくないだけかもしれないが、芙由は暴力を振るわないし、女中たちは気さくに美世に話しかけてくれる。しかも、控えめながらナエなどは芙由に苦言を呈することもある。

斎森家では絶対にありえなかった光景だ。

「若奥さまのお掃除の腕前……正直、お見逸《みそ》れしました」

一緒に風呂場のタイルを磨きながら、夏代が言った。

「お許しください。良家のご令嬢が掃除など満足にできはしないと、甘く見ておりました」

「ゆ、許すだなんて」

そんな、大それたことをしたわけではない。落ち目であったとはいえ、名のある家の娘が家事なんてろくにできるはずがない、と思われても仕方ないこと。

実際に、女学校でひと通り習っても使用人ほど完璧にはできないと、葉月《はづき》もよく言う。

「いえ……ああ、こうして面と向かってはっきり言うのも、失礼でございました。口が滑りました、申し訳ありません」

確かに、夏代は正直すぎるかもしれない。でも、裏を返せば誠実ということだ。そんなにかしこまって何度も謝罪されるものでもない。

美世はかえって恐縮し、黙々と掃除を続けた。

二人で磨いた風呂場は、もとより目立って汚れてはいなかったが、いっそうさっぱりと清められた。

「もうこんな時間」

そういえば、そろそろ昼時だ。昼食の用意を手伝わなければ、と咄嗟《とっさ》に考えて、この家には料理人がいるのを思い出す。

「若奥さまはどうされますか？　まずは奥さまに聞いたほうが――」

いいでしょうか、と夏代が口にしたのと同時に、ナエが顔をのぞかせた。

「若奥さま、奥さまがお呼びでございます」

「は、はい」

美世はぴし、と身体を緊張させ、芙由に何を言われてもいいように心の準備をして彼女の部屋へ向かった。

◇◇◇

（信じられない。あの子はなんなの）

ナエに、美世を呼び出すよう言いつけたはいいが、芙由は悔しさを隠しきれない。

清霞は、芙由の自慢の息子だ。眉目秀麗《びもくしゅうれい》で、学業も、名家の当主としても異能者としても——どこに出しても恥ずかしくない、優秀な男性へと成長した。芙由の誇りと言ってもいい。

だから、嫁にも立派な淑女を、と常々考えていたのに。

（あんな娘を連れてきて！）

清霞が学生の時分から、芙由は幾度となく嫁候補を見繕っては彼の元へ送り込んできた。どの娘も器量良しで、家柄、教養ともに文句のつけようがない者たちだった。ゆえに、やや気難しいところのある清霞でも、誰かは気に入るだろうと安易に構えていたのだ。

が、しかし。

芙由の選んだ娘たちはことごとく、「冷たくあしらわれた」と泣きながら、あるいは怒りながら清霞との結婚を拒む。もしくは、逆に清霞の機嫌を損ね強制的に縁談がなかったことになる。その繰り返しだった。

自分が選《え》りすぐった娘たちの、何がそれほど不満なのか。

思い通りにいかず、芙由は苛立《いらだ》ちを抑えきれないこともあった。けれど、自慢の息子がそれだけ自身の妻に高い理想を抱いていると思えば、さして悪い気もしない。

そうして、より優れた淑女をと、いっそう力を入れて縁談を組んだが、年を経るごとにますます清霞は頑《かたく》なになるばかり。

(旦那さまも旦那さまよ)

あんな、名家の令嬢とは名ばかりの娘に結婚を打診するなど、正気の沙汰《さた》ではない。

斎森美世の名を初めて聞いたとき、芙由は思わず首を傾げたくらいだ。斎森家などまったく眼中になかった。

(調べてみれば、ろくな家ではないのだもの)

木っ端異能者の家に意識を傾けるのも不快だったので、ざっとしか確認していない。けれど、それでも十分だった。

金もなければ、権力もない。当主の頭もいかにも悪そうで、その娘などもはや調べずともろくでもないと想像がつく。どうせ、金のない実家から抜け出し、久堂家にやってきて清霞の哀れみに甘え、いい気になっているのだろう。

芙由には美世が、自慢の息子の優しさに付け込み、いかにも同情を誘うような態度で甘い汁を吸う、厚かましい女にしか思えない。

(冗談ではなくてよ)

みすみす大事な息子を食い物にされては、たまったものではない。

なんとしてもあの娘には自分の立場をわからせなくては。そう思って、自尊心を傷つけるために使用人の仕事をさせた。

それがどうだ。あの娘ときたら、何の文句も言わずに使用人の仕着せを身につけ、平気な顔で掃除をするではないか。

(まさか、慣れているとか？　いいえ、あの家にはゆり江《え》がいるのだから、使用人がする家事に手を出すはずがないわ)

斎森家も使用人くらいは雇っていたようだし、包丁を握ったこともなければ、床を拭いたこともないのが自然だろう。貧乏人が精一杯の贅沢《ぜいたく》で見栄《みえ》を張って、泣かせる話だ。

芙由は自分が大きな勘違いをしているのにも気づかず、美世の態度に不満を募らせる。

「失礼いたします」

しずしずと入室してきた美世を、睨《にら》みつける。

地味なひっつめの黒髪に、貧相な身体つき。顔つきも陰気臭く、いかにも弱弱しく装って。自分は不幸なのだ、こんなにも可哀想なのだと主張する裏では、笑いが止まらないに違いない。

「掃除は終わったの？」

「はい」

「床に這《は》いつくばって掃除をする姿、とってもお似合いでしてよ。無様で、みっともなくて」

「…………」

「何とか言ってみなさいな。その貧弱な脳を一所懸命働かせてね」

自尊心を踏みつけにされて、いよいよ本性を現さないかと期待したが、美世は唇を強く結んで俯《うつむ》くだけだった。

「あの」

美世がようやく口を開く。しばらく、うろうろと迷うように瞳《ひとみ》をさまよわせていたので、何を言い出すかと思えば。

「お義母さま。あの、わたし、感動しました」

「は？」

「わたし、知りませんでした。久堂家ともなれば、こんなに良いお仕着せが着られるのですね」

いったい何を言っているのだろう。芙由は眉《まゆ》をひそめた。

「当たり前ではないの。みっともない格好の使用人を置いておけるわけがありません。最低限、見られる格好をさせておかねば、久堂家の品位を疑われてよ」

使用人といえど、久堂家が雇い、使っている者たちである以上はこの家の一部だ。天下の久堂家の所有物が、粗末であっていいはずがないではないか。

当たり前のことすらわかっていない美世に、さらに苛立ちが増してくる。

「そんなことも知らないで、よくも我が家に嫁ごうなどと……」

「申し訳ありません！」

やけに元気に謝罪され、芙由は一瞬、ぐ、と口を閉ざす。

そもそも、芙由が嫌みを言うたびに心なしか瞳を輝かせるのは、いったいどういうわけだ。こちらは美世を貶《おとし》めようとしているのに、まさに暖簾《のれん》に腕押ししている気分だった。

「あなた、自分が何を言われているのか、本当にわかっていて？」

「は、はい」

真っ直ぐにこちらを見てうなずく美世の純粋すぎる眼差《まなざ》しに、芙由のほうが悪いことをしている気になる。

（あたくしが正しいのよ）

思い通りにならない、癪《しゃく》に障ることも多い息子だが、芙由は親として守りたいのだ。そのためには、この娘が嫁いでくるのを許すわけにはいかない。たとえ本人が望んでも、夫が薦めた話でも。男性はああいう女に簡単に騙《だま》されるのが常なのだから。

婚姻は正しく行われるべきだ。それが、名家と呼ばれる家に生まれた者の義務。

「何もかも、あなたは相応《ふさわ》しくないと言っているの！　わかっているなら、早くこの家から消えなさい！」

無意識に熱が入り、芙由は椅子から身を乗り出して、声を荒らげた。

「……それは」

「できないの？　そうでしょうねえ。このまま清霞さんに守られていれば、いい暮らしをできるもの。本当に、卑しいこと！」

「ち、違……」

「あら、違うの？　それなら、あなたのような娘を娶《めと》って、不利益以上の利益があるのかしら？　言ってみなさい」

徹底的に見下しながら言えば、美世はうつむく。

ようやく健気《けなげ》なふりが芙由には通じないことを思い知ったのだろう。いい気味だ。と、勝利に浸っていたが、再び美世が顔を上げたのであっという間に不快感に満たされた。

「わたしは……お義母《かあ》さまのおっしゃるような価値が、自分にないと、思います」

慎重に言葉を選んでいるようだった。けれど、声に揺れがない。いい加減しつこくて、しぶとくて、嫌になる。

芙由の苛立ちはいよいよ限界まで達しようとしていた。

「それで？」

「わたしは、わたしの価値を知りません。でも、旦那《だんな》さまはわたしを必要としてくれます。だから……あきらめることは、しません」

「それで？　どうしてそんな甘えた考えが通用すると思うの？」

ぱちん、ぱちん、と手に持った扇子を、苛立ちのままに開閉する。

最初からわかっていたことだが、結局、この娘は芙由の望む令嬢としての価値を示すことができないし、実際にこの家に還元できるものを何も持っていない。

無意味な時間、無意味な問答。

目の前の娘のような、恥知らずの矮小《わいしょう》な存在に煩わされるのが、許せない。

「――旦那さまが、お許しになるなら」

美世のこの言葉を聞いた瞬間、昨日の息子の言までもがよみがえってきた。

『もう一度、言ってみろと言っている。久堂芙由』

『母親？　笑わせるな。あなたのことを母親と認めたことは一度もない』

『次に美世に何か言ったら殺す』

かっと、頭に血がのぼる。

自分は軽んじられ、蔑《ないがし》ろにされている。清霞も、美世も……芙由を所詮《しょせん》は先代の妻、今は何の権限もないと侮り、だから生意気に反抗ばかりする。

頭の中が、激しい怒りで真っ白になった。

「馬鹿にしないでちょうだい！」

◇◇◇

こういう状況には覚えがある。

芙由の金切り声とともに、美世は殴られるのを覚悟した。けれど、義母の振り上げた平手が美世の頬に飛んでくることはなかった。

「そこまでにしておきなさい」

「お義父《とう》さま……」

暴力に及ぼうとする芙由を止めたのは正清だ。

けほけほ、と咳《せ》き込む正清は、慌てて駆けつけてきてくれたらしい。少しだけ息も切れている。

「ごめんね、美世さん。……芙由、これはさすがに看過できないよ」

面《おもて》を真っ赤にして美世を睨みつける妻を、義父は静かに窘《たしな》める。しかし、今の彼女の瞳には美世に対する怒りしか映っていない。

「馬鹿にして、馬鹿にして、馬鹿にして！　何の権利があってあなたは！」

「芙由」

「疾《と》く去《い》ね！　この、無礼者！」

「芙由！」

普段の正清の様子からは想像もつかない、大きな声。それは、さすがに芙由の耳にも届いたようだった。

美世がおそるおそる盗み見た正清の表情は信じられないほど厳しく、瞳は凍えていた。

「それ以上は、いけない」

「だん、なさま」

「弁《わきま》えなさい。君には、美世さんに対して何の権利もありはしない。一線を越えるのであれば、僕にももう庇《かば》えないよ」

口調こそいつも通りだが、有無を言わせぬ冷えた声音に、芙由は顔に怯《おび》えを浮かべて凍りつく。

しばらく部屋は沈黙に包まれ、時が止まっているように感じられた。そして、その長く重苦しい空気を正清が破る。

「ふう。美世さん、本当に申し訳ない。いろいろと面倒をかけたようだね」

「い、え」

直接、正清に叱責《しっせき》されたわけではない美世も、威圧感と緊張で上手《うま》く発声できない。

「……わたしが、いたらなかったのです。申し訳ありません」

「いや、美世さんはよくやってくれているよ。僕も、注意が足りなかった」

これではまた清霞に怒られてしまうな、と笑う彼の顔は、目だけが笑っていない。

ぞくり、と背筋に悪寒が走る。今さらながら、すでに引退しているとはいえ正清が久堂家の当主であったことを思い知らされた。

「あたくしは……何も間違ったことは、していないわ」

か細く、芙由が呟《つぶや》く。けれど、その手は白くなるほど強く、扇子を握りしめていた。

「芙由。君の、自分の感情に素直なところは好ましいけれど。感情に支配され、何も考えずに行動したら、それはもう人間とは呼べない」

「っ！」

ひゅ、と息を呑《の》む芙由。美世も恐怖に身を震わせる。

（これが、お義父さまの前当主としての顔……なのかしら）

正清は芙由を愛しているように見えた。帝都の屋敷で話したときも、ここに来たときも。

それなのに、愛する人に向かって、遠回しに「人間ではない」なんて普通、言えるものなのだろうか。もしくは今この瞬間、正清の芙由への愛情は消えてしまったのだろうか。

（なんだか、怖い）

愛する人を地の底へ突き落とす冷たい言葉を、いとも容易《たやす》く口にしてしまえる正清。もしかしたら、清霞もそういう面を持っているのかもしれない。美世が知らないだけで。

けれど、もしそうだとしても簡単には傷つかないし、傍を離れる気もない。

美世は急に清霞のぬくもりが恋しくなって、冷たい指先を握って温めた。

◇◇◇

朝、食事を済ませてすぐに村へ向かった清霞は、煩悶《はんもん》していた。

もちろん、昨夜の出来事が原因だ。……正直、あそこまで過剰に反応されるとは微塵《みじん》も考えていなかった。

脱兎《だっと》のごとく逃げていく美世の後ろ姿を思い出すと、ため息しか出ない。

(いや、そもそも私がどうかしていた)

馬鹿なことを言った、と思う。

しかしあのときは、まったく深く考えず、気づけばああ言っていたので余計にたちが悪い。なぜあんなことを気軽に口にできたのか、その無神経さが我ながら信じがたい。

ざっく、ざっくと土を踏みしめる音が、自分でもわかるくらいに乱暴になる。

漠然と、良くも悪くも世間知らずで奥ゆかしい美世なら、ああいうふうにはならないのではないか、と想像していた節があった。

(だからどう、ということでもないのだが)

状況を理解していない女人を騙して何かしよう……なんて、下種《げす》な人間になった覚えもない。

けれど、ではなぜ自然に同じベッドで寝ようとしていたのか、と問われれば、自分でもさっぱりわからない。

悶々《もんもん》と頭を悩ませながら歩いていくと、あっという間に村へ着いてしまった。

——切り替えよう。

ふ、とひとつ息を吐き、清霞は思考を仕事のほうへ持っていく。

この村での目撃証言は、すべて報告書で確認済みだ。最初の証言はひと月ほど前、村周辺で謎の人影を見たという報告が相次ぎ、村内で噂となった。

それだけならば対異特務小隊《たいいとくむしようたい》の仕事ではないが、その数日後。

(鬼が現れた)

正確には、人型で角を生やした何か、だ。

一度きりなら見間違いということもあるだろうが、その後も怪しげな人影や鬼を見たという報告は増える一方だった。

この地には、鬼にまつわる伝承はない。

つまり、自然に鬼の形をした異形が発生したとは考えにくい。何の下地もないところに、新しい異形が生まれることはほぼないからだ。

となると、一連の目撃情報は見間違いか、あるいは何らかの特殊な原因があるはずである。

（まずは村はずれの廃屋か）

報告書の情報と昨日の商店での証言からして、鬼のほうはともかく、村はずれの廃屋に怪しげな集団が潜伏しているのは間違いない。

いざとなれば、異形と関係なかったとしても、軍人としての権限で連行できる。

廃屋のだいたいの位置は昨日確認したものの、余所者《よそもの》の清霞には道がわからない。村人の案内が必要だろう。

「まさか、軍人さんだったなんてねえ」

訪ねたのは、昨日の商店だ。店番の女性に、例の噂に詳しい人物を紹介してもらう。

自分が元よりこの件の調査に来たことは伏せ、ただ身分を明かして、力になれるかもしれない、とだけ伝えて協力してもらった。

「驚かせたな」

「いいや、構わないさ。おかしな噂を調べてくれるってんならね」

女性はからからと笑い、清霞をひとりの男のところへ案内した。

「村の若衆のひとりだよ。あたしも詳しい話は聞いたことがないが、確か最初に化け物を見たやつだ」

「鬼のような影だったと聞いた」

「ああ、よく知ってるね。そういえば、そんな話もあったっけねえ」

話しながら歩を進め、木造の小さな家が立ち並ぶ村内を通り過ぎていく。途中で何人かの村人とすれ違ったが、皆、一様に清霞を不審そうな目で見てきた。

（当たり前か）

もともと、こういう村は閉鎖的であることが多い。排他的で、余所者を見る目が厳しいのが常だ。現地調査の機会が少なくない対異特務小隊に属する清霞も、何度も苦労してきた。

もっとも、おかげで今はすっかり慣れ、コツも掴《つか》めているけれども。

さらに、この村の場合は件《くだん》の噂のせいで少々神経質になっている。商店の女性が協力してくれなければ、警戒されて仕事にならなかっただろう。

「それにしても」

考え事をする清霞をよそに、女性はにやけながら話題を変えた。

「昨日の可愛い子はどうしたんだい？　今日は一緒じゃないんだね」

「ああ。おかしなことには巻き込めないからな」

これはれっきとした仕事であるし、美世を危険にはさらせない。

正直に、何の他意もなく清霞は答えたのだが、なぜか女性には大笑いされた。

「あっはっは。本当にいい男じゃないか。あの子が羨《うらや》ましいねえ」

「……どうだかな」

「またまた。あたしがもっと若かったら放っておかないよ」

「そんなに、いいものでもない」

美世はよくできた娘だと、清霞は思う。

けれど、彼女が清霞のところに来てからもう何度、傷つけてしまったことだろう。優しくありたいのに上手《うま》くいかない。自分が情けなくて、たまらなくなる。

それでも、手放せない、手放したくない。そっと目を逸《そ》らした清霞の心境は、複雑だった。

「さ、着いたよ」

家には呼び鈴などついておらず、がんがんと女性が戸を叩《たた》く。

すると中から誰何《すいか》する声があって、それに答えればやっと人が出てきた。

「おはよう。……まあ、あんた見ないうちにやつれたね」

女性の言う通り、家の中から顔をのぞかせた男は、かなりやつれている様子だった。

頬はこけ、目元にはくっきりと濃い隈《くま》が浮かぶ。無精髭《ぶしょうひげ》を生やし、髪もぼさぼさで目は虚《うつ》ろだ。明らかに、尋常ではない。

男は清霞のほうには興味を示さず、ぼそぼそと低い声で話す。

「帰って、くれ」

「用があるから来たんだよ」

「いいから、帰ってくれ！　鬼が、頭から離れないんだ」

「怒鳴ることないじゃないか」

「うるさい。あの音が、あの音がずっと、耳にこびりついて……。こんなに戸を開けておいたら、鬼が来るかもしれない……！」

そう口にすると、そのときの光景を思い出したのか、男は怯えて震えだした。

聞き取りにくいが、食われる、鬼に食われる、と言っているようだ。どうやら、この男が鬼を見たか、見たと思い込むような事態に遭遇したのは事実らしい。

清霞は、失礼、と断り、女性より一歩前に出て男に近づいた。

「もう怯えなくてもいい。落ち着くんだ」

言って、男の肩にそっと手を置く。そこで、ようやく男の注意が清霞に向いた。

「あ、あんた、は？」

「軍に所属している、久堂だ。噂を調査しにきた」

「軍……軍人……」

「そうだ」

うなずいた瞬間、どこにそんな力があったのか、男は強くしがみついてきた。

「助けてくれ、助けてくれよ、軍人さん……！」


男の話は、報告書で読んだものと大差なかった。

怪しい人影の噂、村はずれの古い小屋にその人影たちが複数、潜伏していること。そして、鬼の目撃証言。

男によれば、鬼は大きな人型で額から角が二本生えており、目が合うなり威嚇するように歯を擦り合わせて不快な音を立てたという。しかし、怪しげな人影と同じく、黒いマントで全身を覆っていたため、それ以上のことはわからないらしい。

「おれは、怖くて気を失っちまって。目が覚めたら村の入り口にいた」

「誰が気絶しているお前を移動させたんだ？」

清霞が訊《き》くと、男は左右に首を振る。

「それは、わからねえ。けど、信じてくれ。あの鬼は、絶対におれを食おうとしてた！

あのとき、確かにおれは襲われたんだ……！」

　がたがたと、男は震える自分の身体を抱きしめた。その目は焦点が合っておらず、彼は再び恐慌状態に陥ってしまったようだ。

（これでは案内を頼むのは無理か）

　できれば、実際の現場で状況の説明をしてもらいたかったが、仕方ない。

　清霞は怯《おび》える男をなんとか宥《なだ》め、結局、ひとりで廃屋へと向かうことにした。商店の女性に場所を詳しく教えてもらい、そのまま村を抜けるところまで送ってもらった。

「本当にここまででいいのかい」

「ああ。すまない、感謝する。……危険だからここでいい」

　女性と別れ、いったん村を出る。久堂家の別邸とは正反対の方角になる。

　村と山の境界は曖昧《あいまい》だ。村を出るとすぐそばに山の斜面が迫っていて、小屋はその傾斜を少し登ってから途中で反対側へ下るとあるらしい。

　清霞は息を切らすこともなく、ずんずんと斜面を登っていく。

　そして言われた通りに半ばで降りていくと、どこからか水音が聞こえてきた。

（小屋は川沿いにあると言っていたな）

　この水音はその川だろう。

見当をつけ、躊躇《ちゅうちょ》せず音のするほうへ進む。

すると、すぐに木々の隙間から川が見えてきた。その川の上流のほうへ視線を遡《さかのぼ》らせれば、今にも崩れ落ちそうなほど朽ちた小屋があった。

(あれか)

古いが、確かに大人が何人か入っても問題ないくらいの広さがありそうだ。

周囲を警戒しながら、清霞は小屋へ近づく。今のところ、何の気配もしない。近くに人はいないようだった。

(出払っているのか? いったい、どこに)

ただの無法者だったとしても、こんなところに潜伏して利点があるとは思えない。

現に村人に怪しまれ、こうして清霞が呼ばれた。何らかの罪を犯し逃亡中だったとしても、逆にここでは目立ってしまう。見つけてほしいと言っているようなものだ。

だとすれば、ここでなければならない理由があるのだろうか。

(それにしても、おかしな話だな。あの男の話が事実であれば、人と異形が一緒に行動しているかのようだ)

人と鬼――妖《あやかし》や霊などの異形の者たちが共存する例は、少なくはない。

場合によっては、契約を結び協力体制をとることもあるし、人が異形を使役するのだって、清霞たちにとっては身近なことだ。

けれどどうにも、今回は腑《ふ》に落ちない。違和感を拭《ぬぐ》えなかった。

次々に湧いてくる疑問はさておき、清霞は足音を殺して小屋に手が届くほど接近する。

どうやら本当に小屋の中は無人らしい。物音のひとつもしなければ、人の気配もまったくない。

小屋の破れかけた木板と木板の隙間から、そっと中を覗《のぞ》く。

全体を把握するのは難しいが、中はかなり雑然とした印象を受けた。やはり、誰かが寝泊まりしているのだろう。毛布が床に落ち、食べ物の残骸《ざんがい》が散らばっている。

清霞は細心の注意を払い、戸口の前に立つ。

もし相手が術者であれば結界があるかもしれない、と警戒したものの、何の仕掛けも施されていなかった。物理的な罠《わな》の類《たぐい》も見つからない。

中に入ってみても、ここで誰かが暮らしている、ということ以外には何も掴めなかった。

まったくの手がかりなし。ここに隠れ住む者たちが術者かどうかもわからない。

術者であれば、鬼がいることにも納得いくのだが。

しかし小屋をあとにしようと踵《きびす》を返したところで、清霞はあるものを見つけた。

（あれは？）

床から拾い上げたそれは、一見目立った特徴のない黒いマントだったが、内側に刺繍《ししゅう》のようなものがある。やや濃い金色の糸で縫い取られているのは――何かの文様だ。

（この図案、どこかで……）

逆さの盃《さかずき》。それらを囲むように配置された、炎をまとった榊《さかき》。

目にしただけで、えも言われぬ不安や不快が押し寄せてくる、瀆神《とくしん》的な模様だ。逆さの盃はもちろん、神の木である榊に火をまとわせるなど、言語道断である。

しかしながら、その衝撃的な罰当たりさに、清霞は心当たりがあった。

現在、水面下で密《ひそ》かに問題となっている団体。帝《みかど》に対する叛逆《はんぎゃく》として政府が裏で躍起になって追っている――。

（確か、〝名無しの教団〟……）

世間ではまだあまり情報が出回っていないが、政府や軍内部ではかなり大きな問題となっている、新興の宗教団体だ。

規模も、教団の本当の名前も、その内情も何もわかっていない。けれど、この紋章がどこからか発見され政府がいきり立ったのは、ごく最近のことだ。

（ここが件の教団の本部――と考えるのは、少々無理があるか）

あまりにも目立つ上に、これでは規模も何もない。

ここに長居するわけにもいかず、清霞は考えた末に、マントを元の場所へ戻して小屋を出た。

あの紋章の刺繍は重要な手がかりとなる可能性もあるが、小屋に何者かが侵入したと相手に勘づかれると厄介だ。もしかしたら、村人たちが疑われ、害が及ぶかもしれない。

それは絶対に避けなければならない。

何食わぬ顔で村へ戻った清霞は、商店に顔を出した。

すると、店員の女性だけでなく、鬼を見たというあの若者も一緒だった。

「ああ、あんたか。どうだった？」

「廃屋には、誰もいなかった。人も、鬼も」

「本当に……？」

おそるおそる尋ねてきた男は、すっかり落ち着きを取り戻したらしい。顔色はあまり良くないが、とりあえず先ほどのように錯乱した様子はない。

「ああ。だが、あの小屋には誰かが寝泊まりしている痕跡《こんせき》があった。気をつけるに越したことはない」

「あんた、軍人なんだろ……？　そいつらを捕まえてはくれないのか」

「いないものは捕まえられない。また時間を変えて調べに行くから、動きがあったら教えてほしい」

「そ、それはもちろん」

うなずく男に、清霞はうなずき返す。その様子を見ていた女性が笑う。

「あんたも、軍人だからって無理するんじゃないよ。あの可愛い子にあんまり心配かけないようにね」

「ああ」

そう言われると、屋敷に残してきた美世が急に心配になってくる。

少なくとも父は美世に味方するつもりのようだし、滅多なことにはなっていないとは思っても、あの屋敷の女主人は間違いなく母だ。

釘《くぎ》を刺しても、また美世に何かするかもしれない。

（……この私が、仕事に集中できないなんてな）

すっかり腑抜けてしまった自分にうんざりして、眉間《みけん》を揉《も》む。

部下が一緒にいれば気が緩むこともなかっただろうが、今回はすべてが清霞の裁量に任されている。なんとかして気を引き締めなければ。

清霞は商店の女性に協力に対する感謝を述べ、別邸に帰ることにした。

早朝に出かけてから、知らぬ間にすっかり時間が経っていたらしい。すでに昼をとっくに過ぎている。

おまけにさっきまでは晴れていたのに、雲行きも怪しくなってきた。空にはどんよりと、薄い灰色の雲が垂れ込めている。山の天気は変わりやすいというが、気温がぐっと低下したように感じた。

朝通った道を辿《たど》り、田畑の合間を抜ける。別邸へと続く森の一本道にさしかかったときだった。

（……この気配）

誰かが近くをうろついているような、不審な気配がする。

別邸の誰かということも考えられるが、正清は近頃不審人物を見かけると言っていた。それに、あの廃屋に誰もいなかった以上、無法者が何らかの理由でこの辺りをうろついていても不思議はない。

清霞は自らの気配を殺し、慎重に別邸のほうへ歩いていく。

不審な気配はどんどん濃くなった。しかし、ここまで気配を明確に悟られるということは、相手は素人だろう。

だからといって油断はせず、視線を巡らせる。すると、視界の端に影をとらえた。

清霞は極力、足音を立てないように早足で影を追うが、地面は枯れ葉に覆われている。完全に足音を消すのは不可能だった。

かさり。枯れ葉が擦れ微《かす》かな音を立て、相手に気づかれたことを察する。

(——問題ない)

気づかれたら、もう忍び足をする必要はない。

瞬時に判断し、駆け出した清霞は一気に距離を詰めた。彼の俊足に、影はなすすべもなくその身を露《あら》わにする。

「あのマント。やはりそうか」

不審人物の顔はわからない。なぜなら、頭からすっぽりと黒い頭巾で覆われていたからだ。

予想通り、マントの人物の足はそう速くなかった。日々訓練を欠かさず、もとより運動能力の高い清霞はあっという間に追いつく。

「く……っ」

「そこまでだ。もう逃げられない」

手首を掴《つか》み、捻《ひね》り上げて拘束する。掴んだ感触はほどほどに硬く骨ばっていて、男性であることがうかがえた。

低く呻《うめ》いたマントの男を、そのまま捻《ね》じ伏せて膝《ひざ》をつかせる。その拍子に、男の被《かぶ》っていた頭巾が外れた。

「おのれ……！」

憎々しげに歯を食いしばる男の顔に、見覚えはない。ぼんやりとした印象で、若そうだがこれといって特徴のない顔立ちをしている。

しかし、その目が鈍く光ったように見えた。

「なんだ……？」

ぞわり、と全身の毛が逆立つような、不穏な空気。

何かがおかしい。清霞がさらに強く押さえつけた直後、男の身体がかっ、と発熱した。

驚いて飛び退けば、のっそりと緩慢な動きで男が立ち上がる。その顔は、先ほどとは打って変わって表情がすべて抜け落ちていた。

まるで、人形のように虚《うつ》ろで生気がない。

（どういう、ことだ？）

男は無表情のまま、自らの右手を宙に掲げる。

すると、地面を覆っていた枯れ葉たちが一斉に空中へ舞い上がった。

その超常的な、けれども清霞にとっては見慣れた光景に眉《まゆ》を寄せる。

「……異能か？」

「シ、ネ」

男は片言で小さく呟《つぶや》き、掲げた手を勢いよく振り下ろした。同時に、宙を舞う枯れ葉がぴたりと清霞に狙いを定め、目にも留まらぬ速さで襲いかかってきた。

清霞は、ふん、とわずかに鼻を鳴らす。舐《な》められたものだ。こんな子ども騙《だま》しの力で、本当に殺せると思っているのだろうか。

「無駄だ」

清霞に迫っていた葉は、その切っ先が彼に届く前にすべてが力を失い、地面へ逆戻りした。

男はそれでも表情を変えることなく、次々と同じ動作を繰り返す。けれども、ひとつとして清霞を傷つけることはない。

このままでは埒《らち》が明かないと、清霞は再び男との距離を詰めた。そして今度は腕を掴んで地に引き倒し、そのまま押さえつける。

「……効くかわからないが」

懐から護符を出し、呪《しゅ》を唱えて男の背に貼りつける。異能封じの護符だが、この場合効果は未知数だ。――なぜなら、この男はおそらく元は異能者ではない。

護符を貼りつけられた男は一瞬、全身を痙攣《けいれん》させ、がくり、と脱力した。

「効いたか。となると、あれは本当に異能なのか」

男が表情を失う前とあとで、がらりと気配が変わった。まるで、別人のように。それに、元から異能者であったならば、一度清霞に捕まる前に異能で抵抗したはずだ。

こんな現象は見たことがない。

強いて言えば、異能を使っている男の様子は、人が人ならざるものに憑《つ》かれているときの様子に似ていた。けれどその場合、異能封じの護符では効果がないのが普通だ。

「いったい何が起こっている」

清霞は困惑を隠さず、顔をしかめながら意識のない男を見下ろすのだった。

四章　巡る想い

夕方近くなり、清霞《きよか》が帰宅したとの知らせを受けて美世《みよ》は玄関へと急いだ。

「おかえりなさいませ」

「ただいま」

なるべく笑顔を心がけて出迎えると、清霞はどこか安堵《あんど》したように口元を綻《ほころ》ばせ、ぽん、と美世の頭に手を置く。

けれども、その冷たさに思わずぎょっとしてしまった。

「旦那《だんな》さま、手がすごく冷たいです」

「あ……すまない。嫌だったか」

「いえ、あの、そうではなく」

慌てて引っ込められた清霞の手を、美世はそっと両手で包んだ。

「……心配です」

清霞に自覚はないのかもしれない。でも、帰ってきたときの彼の表情はとても険しかった。身体も冷え切っているようだし、いったいどれだけ無理をしたのだろう。

「夕食まで、まだ時間があります。暖かい部屋で休みましょう」

絶対にそうしてもらわねば、と意気込んで言った美世に、清霞は目を丸くする。

「……いつになく強引だな」

「えっ」

そんなに強引だっただろうか。これぱっかりは譲る気がなかったのは、事実だけれども。

と、振り返って、美世は自分から清霞の手を握りにいったことに思い至った。

「わ、わたし」

無意識に大胆なことをしてしまった。自覚すると恥ずかしくて、頬が熱い。

「ご、ごご、ごめんなさい！」

今度は美世のほうが焦って手を引っ込める。このくらいで清霞が怒るとも思えないけれど、居たたまれなくて咄嗟《とっさ》に謝罪が口をついた。

おまけに頭上から、く、と喉《のど》を鳴らして清霞の笑う声が聞こえてきたために、余計に熱が上がりそうになる。

「お前の手は温かいな」

「は、はい」

「行くぞ。部屋で休むのだろう？」

自然な流れで、清霞が動揺から抜けられない美世の手を引く。

——どうしよう。すごく、どきどきする。

繋《つな》がれた手が目に入り、ぬくもりが伝わってくるたび、知らない感情を持て余す。考えなくていいことまで考えている気がするし、反対に何も考えていない気もする。

照れと恥ずかしさから逃れるように、清霞の部屋で美世は甲斐甲斐《かいがい》しく世話を焼いた。

毛布を持ち込み、温かい緑茶を淹《い》れ、暖炉に薪《まき》を足す。

「旦那さま、お風呂《ふろ》も入れてきましょうか？」

「いや、いい。というか、少し落ち着け」

窘《たしな》められ、動きを止める。どうやら忙《せわ》しなくしすぎたらしい。穴があったら入りたい。

美世はしょんぼりと肩を落とし、向かい合う椅子に腰かけようとした。

けれど「待て」と止められて、首を傾げる。

「こっちだ。ここへ座れ」

清霞は暖炉の前に椅子を二脚くっつけて並べ、片方に腰かけると、もう片方を指し示す。

そんな恐れ多い、と断ろうとしたものの、清霞の目はどこまでも本気だ。有無を言わせず、まさか歯向かったりしないだろうな、という目。

残念ながら、美世には逆らう力はない。

いや、そもそも。

(わたし、残念なんて思っていない)

それどころか、うれしい……ような。少なくとも、逆らいたい気持ちなどこれっぽっちもない。

戸惑いながら、清霞の隣に大人しく腰かける。

すると、清霞は美世の用意した毛布を広げ「もっと寄れ」などと言いながら、美世ごと毛布に包《くる》まった。

半身が、密着している。触れているところから、互いの体温が溶け合うようだ。

せっかく静まった心臓が、また慌ただしく動き出した。

「だん、旦那さま」

「なんだ」

「あの、あの、この」

「暴れるな。大人しくしていろ」

まるで誘拐犯か何かのような台詞《せりふ》だったが、それを気にする余裕もない。

「で、でも」

なぜ、毛布の中に美世までも入れようと思ったのか。尋ねたくても、もはや自分の心音がうるさすぎて、何を口にしているかもよく聞こえない。

「このほうが温かいだろう」

「それは、そうですね……」

答えがそれしか見つからず、沈黙に包まれた。

じっとしていると、やはり隣を強く意識してしまう。でも、それはもちろん不快だからではなくて……むしろ、心地いい。

どれくらい、そうしていただろうか。

何気なく、清霞が口を開いた。

「今日一日、どうだった？」

彼がどういう意図で問うたのかは、当然わかっている。

どんなふうに過ごしていたか。芙由《ふゆ》とは何かなかったか。昨日のあの調子では、気になって当たり前だ。

美世が清霞を心配するように、彼もまた美世を心配している。

「あ、ええと……」

訊《き》かれるだろうとは思っていたけれど、上手《うま》い答えを用意していなかった。

正直に言ったら、清霞はまた美世のために怒ってくれるだろう。しかしこれは、美世と芙由の問題だ。

（でも、隠し事をするのも嫌）

こういうとき、自分の素直な思いを隠してもいいことはないと、十分に思い知った。一方で、自分ひとりの力で解決できたら、という気持ちもあり、せめぎ合う。

本当はあのとき、正清《ただきよ》の介入ももう少し待ってほしかった。

とはいえ、手を出されて怪我をしてからでは遅い。そうなったら、芙由との関係は気まずいものになってしまう。結果的には、正清が間に入ったのは正しかったのかもしれない。

それでも、何の力もない美世が、自分の力で解決したいと望むのは我儘《わがまま》だろうか。

「美世」

膝《ひざ》の上に置いていた美世の手に、清霞の硬くて広い手が乗せられる。

きっと、美世が何かを隠そうとしていることなんて、清霞にはお見通しなのだ。だからどう抗《あらが》ったところで、美世に正直に話す以外の道などない。

「……怒らないで、聞いてくれますか？」

「内容による」

「なら……言えません」

「言うようになったな」

美世の譲れない固い意思を感じとったのか、清霞は仕方ない、と息を吐いた。

「怒らないから、話してみろ」

「はい」

促されて、美世は訥々《とつとつ》と朝食の後からの出来事を語り始める。

結局、あのあと——美世と芙由との間に正清が仲裁に入ってから、美世は自室に帰されて大人しくしているしかなかった。

芙由と二人で話がしたい。美世はそう望んでいても、正清に止められてしまえば無理強いはできない。さっきの今で顔を合わせて、また芙由の機嫌を損ねてしまったら正清にとっても迷惑だろうから。

でも、このままあきらめるつもりは毛頭ない。

事の顛末《てんまつ》を話しているうちに、だんだんと清霞のまとう雰囲気が剣呑《けんのん》さを帯び、話し終わる頃には今にも「息の根を止めにいく」と言い出しそうだった。

部屋の中は温かいはずなのに、身震いしそうになる。

「あの女……」

ぼそっと呟《つぶや》いた清霞の声は、地を這《は》うように低い。

　これでは、本当に芙由が殺されてしまう。冗談でなく現実になってしまいそうな想像が頭を過《よぎ》って、美世は焦りながら言い募る。

「旦那さま。あの、どうせわたしは、ただじっとしているなんてできませんし……。お義《か》母《あ》さまも、なにも無理難題をおっしゃったわけではありません。お義父《とう》さまも、止めてくださいましたから」

「そういう問題ではない」

　では、どういう問題なのか。

　困惑する美世に、清霞は「わからないか？」と怒りをあらわにする。

「確かに、お前を好き放題にこき使ったのも許せないが。……何より」

　重ねていた手を、ぎゅっと握られた。

「悪意を持って、お前の人としての尊厳を傷つけようとした。それは、絶対に許せない」

「尊厳……」

　思いもよらない怒りの理由は、ますます美世に疑問を抱かせる。

　そもそも自分に尊厳なんて立派なものが存在しているのか、と自問すれば、答えは否だ。

　生まれてこのかた、自分の中の何かが尊いと思ったことはない。そしてそれを、悲しいと思ったこともない。

清霞の言う尊厳がどういうものを指すのか、ぴんとこなかった。

「……わからなくても、いい。ただ、私が許せないだけだ」

静かに目を伏せた清霞は、当事者である美世よりも苦しそうだった。けれど、彼が美世のために腹を立ててくれたのは、ありがたいと感じた。

「お義母さまが言う通り、わたしには何もできません」

「そんなことはない」

「いいえ、本当のことです。お義姉《ねえ》さんにいろいろなことを教わって……いくつか、身についたものもあります。でも、素のわたしにはやっぱり大した価値はないので、きっと……この先どんなに努力しても、たかが知れているでしょう」

美世には令嬢としての素地が何もないのだ。付け焼刃の努力には当然、限界がある。葉《は》月《づき》に師事して学べば学ぶほど、自分がいかに世間知らずで無力かを思い知らされる。

それでも、何か、美世に為《な》せることもあると信じたい。清霞が美世を選んでくれたように、誰かの心を動かすような何かが。

「旦那《だんな》さま。わたしのために怒ってくださって、ありがとうございます。でも、もう少し見守っていてくださいませんか。わたし、ちゃんと向き合いたいんです」

「もう少しとは、どのくらいだ」

「できれば、わたしが音を上げるまで……。だめ、ですか？」

どこか拗《す》ねた子どものような清霞の態度に、美世はつい笑ってしまいそうになる。

しかしそんな和やかな気分は、一瞬にして吹き飛んだ。

「だめだと言ったら、あきらめてくれるのか」

清霞の頭が美世の肩口に埋《うず》められる。彼の表情はまったく見えないけれど、さっきよりもずっと、全身が熱い。

こんなに密着したら、激しく脈打つ美世の鼓動が、清霞に聞こえてしまうかもしれない。そう思うのに、高鳴りは鎮まるどころかさらに激しさを増した。

美世は上擦った声で答える。

「あ、あきらめ、ません」

「……お前のことが気がかりで、仕事に集中できないと言っても？」

「う……お仕事は、ちゃんとしていただきたい、です」

どうしてだろう。なんだか、うれしくなってしまう。

本心は、美世もずっと清霞にそばにいてほしい。芙由と向き合うのは怖いから、避けて通れるならそうしたい。けれど、それでは何の解決にもならないのだ。

ややあって、清霞ははあ、と大きく嘆息する。

「お前といると、自信を失くすな」

「あの、ごめんなさい」

ほかに言葉が見つからない。しかし、顔を上げた清霞は困ったように眉尻《まゆじり》を下げながら、微笑んでいた。

「構わない。お前は、お前の好きなようにしたらいい」

「はい……！」

美世は大きくうなずき、心から笑みを浮かべた。

きっと、わかりあえる。一貫して清霞のことを気にかけていた芙由が、根っからの悪人だとは思えない。

明日は、呼ばれなくても芙由のところに行く。これが美世の決意だった。

◇◇◇

夕食は、清霞と美世の二人だけだった。

芙由は気分が優れないという理由で姿を現さず、使用人たちの話によれば正清は芙由に付きっ切りらしい。

興味深そうに、洋食中心の食事を味わう無邪気な美世を見ていると、少しだけ安心する。

(たぶん、怖かったのだろうな。私は)

母に傷つけられ、もし彼女が以前のように心を閉ざしてしまったら、それはここへ連れてきた、あの母を煩わしく思いながらも長年放置してきた、清霞のせいだから。

食事を終え、これから入浴に行くという美世と別れた。

この屋敷の大浴場は男女別な上に温泉を引いている、本格的なものだ。美世はすっかり気に入ったようである。

清霞自身はといえば、自室で今日の仕事の成果をさっと書類にまとめ、不意に思い立ってシガールームに向かった。

この別邸内の一階には、そこそこの大きさのシガールームが設けられている。しかし清霞も、もちろん身体の弱い正清も葉巻は嗜《たしな》まないので、もっぱら客人用だ。

「やあ。待っていたよ、清霞」

「酒なんか飲んでいいのか」

「あまりよくはないけど、たまには息子と酒を酌み交わしながら、水入らずで話し合うのもいいかと思ってね」

シガールームでは、正清が気楽な着流し姿で、ひとり猪口《ちょこ》を傾けていた。

葉巻は主に男性の趣味とされており、葉巻を嗜むための部屋であるシガールームには基本的に女性は立ち入らない。

ゆえに、正清が清霞と話そうとしたらここだろうと予想していた。

「よく言う。私は、あなたを許していない」

清霞は数脚並べられた椅子のうち、正清の隣からひとつ飛ばしたところに腰かける。余っていた猪口を手にとれば、父が手ずから酌をした。

「……美世さんは、落ち込んでいなかったかい」

息子の言には特に反応せず、哀愁漂う面持ちで正清が問う。

清霞は猪口を傾け、ゆっくりと清酒を嚥下《えんか》した。昨日商店で購入した地酒は、喉《のど》越し柔らかで、ほのかに甘い。

「落ち込んではいなかった。……彼女はもう、傷つけられることに慣れすぎている。自分では傷ついているかどうかさえ、わからないくらいに」

「そうか。悪いことをしたね」

昔から、父のこういうところが嫌いだった。

陽気な笑顔の下に、冷淡で残酷な素顔を隠している。本心は決して見せない。あたかも家族に愛情を持っているかのように振る舞うけれど、その実、大した興味はないのだ。

今も、さらりと反省を口にしたが、胸中には微塵《みじん》もそんな感情はないだろう。

「あなたはいつも口ばかりだ」

つい、子どもじみた非難が漏れた。この父親に期待するのをやめてから、ずいぶんと経つのに。

正清は不気味なほどにこやかだ。

「僕はね、清霞。本当に、後悔しているよ。家族を、家を、ほったらかしにしていたこと」

忙しかった、なんて言い訳にもならない。能面のような笑顔のまま、そう零《こぼ》す。

……父が虚弱体質なのは、生まれつきだ。

強い異能を受け継ぐ家の異能者には、稀《まれ》にあることだった。強い異能に、身体がついていかない。異能さえなければ、普通に暮らせる程度に身体が丈夫でも、強力な異能を持って生まれたばかりに肉体が悲鳴を上げる。

そのせいで、父が苦労していたのも知っている。天下の久堂《くどう》家——その地位を守るために、たとえ虚弱でもほかの家に舐《な》められないように。人一倍、精力的に役目をこなしていた。

母もああ見えて、派手好きの浪費家で癇癪《かんしゃく》持ちであることを除けば、女主人として優秀だった。浪費家である点も、久堂家ほど資産のある家ならばまったく問題ではない。

だから、忙しい父が家のことをすべて母に任せてしまっても、仕方ない状況ではあった。それは、清霞も理解している。

やり場のない感情に、自然とため息が零れた。

「……過ぎたことをあれこれ議論しても、時間の無駄か」

不本意ながらも話題を切り上げると、正清は苦笑した。

「そうだね。じゃあ、建設的な話をしよう。君が捕まえた男だけれど、何か聞き出せたのかい？」

「例の〝名無しの教団〟。あの男が言うには、異能心教《いのうしんきょう》、というらしい。加えて、本人もかなり強い洗脳状態、あるいは何らかの暗示をかけられた状態にある可能性が高い」

清霞は捕らえた男をこの別邸の地下室に監禁し、尋問を行っていた。

美世や使用人たちを怖がらせないよう、夕方近くに帰宅したふうを装ったが、実際には昼過ぎからずっと、地下に潜っていたのだ。

男の言動は終始、漠然として要領を得ない。

異能らしき力を使ったときのことを問えば、神にもたらされた力だといい、神聖なものゆえ自分ごときにその原理がわかるはずもないと主張する。

またその教団について問えば、尊い教えである、これを理解しない者は、人類の進化と平等な社会の形成を妨げる邪悪な存在だ、と言い張った。

（具体的なことは何もわからなかった）

男が故意に話をはぐらかしているのかとも考えたが、それにしては様子がおかしい。感情の揺れが極端に小さいのだ。自分が囚《とら》われているというのに、少しも動揺や恐怖を見せない。

「……異能心教、か。我々にとっては、なかなか気になる名前だね」

名無しの教団については、異能者全体にも情報が共有されたため、現場を離れて久しい正清も承知している。

異能と名乗る以上、清霞たちとも何か関係があるかもしれなかった。

「とにかく、中央とも連携が必要だ。すでに式を飛ばしているから、明後日《あさって》には何か反応があるだろう」

あくまで、清霞は軍の任務で今回の件を調査している。しかしこうして、政府も絡んだ案件となると、下手な独断専行は後々で問題にされる。

面倒だが、指示があるまで実力行使を控え、村周辺の警戒と調査に専念することになりそうだ。

「ふむ。そうだね。この屋敷の周りをうろちょろしていたのも、彼らで間違いないようだし」

正清はうなずいて、ちびちびと酒を口に含んだ。

「いざとなったら、美世のことを……頼むかもしれない」

「いざとなったら、って？」

意地悪く問い返してくる父親を、清霞は鋭く睨《にら》みつけた。

わかっていてすっとぼけているから、たちが悪い。

「やつらは、明らかにこの家——久堂を警戒している。いつ何がきっかけで、牙《きば》を剝《む》くかわからない」

わざわざこちらの様子をうかがっていたのだから、十分にありうる。しかしそのとき、所詮《しょせん》は公僕である清霞は自由に行動できない可能性があった。

「清霞がそんなことを僕に頼んでくる日がこようとは」

「悪いか」

「いいや。ただ、君は美世さんを……本当に、愛しているのだなと思って」

は、と清霞は瞠目《どうもく》する。

何を言われたのか、一瞬、理解するのを脳が躊躇《ためら》った。

（愛……？）

思いがけない、なんて言葉では表現できない、驚きと戸惑い。愛だの恋だのといったものは、それほど清霞にとって縁遠いものだ。

彼女に抱いている感情の名前など、深く考えたこともなかった。

（いや、慈しみのようなものは……持っていた気がするが）

無意識に口元に手をやり、記憶の海に沈む。ぐるぐると悩み始めた清霞を、正清が面白がっている気配がしたものの、気にするゆとりもない。

――自分が美世に対し、男女の愛情を抱いている。

衝撃的な事実であることは、間違いない。けれど不思議と、しっくりくる気も、していた。

◇◇◇

帝都、帝《みかど》のおわす宮城《きゅうじょう》。

出張中の対異《たいい》特務小隊《とくむしょうたい》隊長、久堂清霞からもたらされた情報は、可及的速やかに小隊から政府や軍本部へ共有されていた。

またそれにより、すでに日暮れも近いというのに関係各所は忙《せわ》しなく稼働中である。

宮城も表面上、穏やかな空気を保ってはいるが例外ではない。

（やってくれたな……）

現在、今上帝の代理として役割を追う尭人《たかいひと》皇子の宮に呼ばれたのは、薄刃《うすば》家の跡取りである薄刃新《あらた》だった。

実家が経営する貿易会社で働く彼は、質の良い暗灰色の三つ揃いのスーツ姿で、職場から直接ここへやってきた。

砂利を踏みしめ、目的地へと歩を進めながら憂鬱《ゆううつ》なため息が止まらない。

（あの人が動くと、どうしてこう、変なものが釣れるのか）

従妹《いとこ》の婚約者である清霞に対し、新が抱く感情は複雑だ。

名無しの教団――異能心教に関する、清霞がもたらした新たな情報のせいで中央はてんやわんやだ。おかげで新もわけがわからないまま、尭人に呼び出されている。

なぜ、ただ異形の目撃情報の調査へ行っただけで、帝への叛逆《はんぎゃく》を目論《もくろ》む教団と相対することになるのか。まったく理解不能である。

目的地の宮の前ではすでに使用人が待機しており、やってきた新を恭しく出迎えた。

「お待ちしておりました、薄刃さま」

「案内してください」

「かしこまりました」

初老の男性使用人のあとをついていくと、新は宮の最奥、謁見の間へと通された。

「失礼いたします。薄刃さまがお越しでございます」

使用人が襖《ふすま》越しに声をかければ、中から「入れ」と応答があった。

新はゆっくりと襖を引き、静かに入室する。幼い頃から薄刃家の跡継ぎとしてみっちり仕込まれた作法は、意識せずとも新の身体を自然に動かした。

「堯人さま。薄刃新、参りました」

「よくきたの、新」

相変わらず麗しい御仁だ。最高級の絹布で仕立てられた濃紺の束帯に、人間離れした美《び》貌《ぼう》。何度対面しても現実味がない。

「堯人さまにおかれましては――」

「今は時間が惜しい。のんびり挨拶《あいさつ》を交わすのは後日としよう」

珍しく堯人が性急に話を進めるので、新は目を見開く。

堯人は、急ぐとか慌てるという言葉とは無縁そうな、実際に無縁の人間である。それがこうまで本題を急ぐなら、よほどの緊急事態だろう。

「さっそくだがの、新、おぬしには久堂家別邸へ至急向かってほしい」

「え……」

「不服か？」

いや、そういうことではなく。

新の困惑は目の前の高貴な存在にはお見通しなようで、生温い空気が流れた。

「わかっておる。しかし、おぬしが適任なのだ。行けばわかる」

おそらくな、と付け足して笑みのようなものを浮かべる堯人。

普通に考えれば、清霞がいるならそれだけで戦力としては十分だ。たとえ、異能心教とやらがどんな隠し玉を持っていても。

となると、薄刃の異能が必要になるのだろうか。そのくらいしか、わざわざ新を向かわせる意味が思いつかない。

「そうだの、至急とは言ったが……今日はもう遅い。明日、十分に対異特務小隊と情報の共有をしてから、明後日くらいに発《た》つのがよかろう」

「やけに、具体的ですね」

「ふむ。真を言えば、我にもまだ何が起こるかはわかっておらぬ。……ただ、おぬしを向かわせるのが最善であることは確かゆえ」

堯人の言うことは、かなり抽象的であることも多い。しかし、異能者にとって天啓の異能を持つ彼の言葉は絶対で、今の新には逆らう理由もない。

なにせ、薄刃家は彼によって解き放たれようとしている。それは、薄刃家にとっても新個人にとっても喜ばしい変化なのだ。

堯人は、心から仕えるのに相応《ふさわ》しい主君だ。間違いなく。

「よいか、新」

堯人に問われ、新は深々と額《ぬか》ずいた。

「承知いたしました。仰せのままに」

このとき、頭のどこかでは予感していたのかもしれない。

薄刃家が変化していくには、向き合わなければならない過去や人があることを。

――その結果、薄刃家の存続すら、危うくなることも。

五章　迫るものは

芙由《ふゆ》と向き合う。

心に誓った日の、次の朝。

清霞《きよか》と美世《みよ》、そして正清《ただきよ》の三人での朝食が終わり、男性陣はそれぞれの仕事へと向かった。

正清がどこへ行ったのかは美世にはわからないが、清霞は今日も今日とて、怪奇現象の調査だ。

「旦那《だんな》さま、くれぐれも無理はなさらないでください」

玄関に見送りに出た際、そう念を押すと清霞は微《かす》かに苦笑した。

「ああ。だが、それはこちらの台詞《せりふ》だ。お前も、決して無理や無茶はするなよ」

「はい」

真っ直ぐに彼の目を見て首を縦に振ったのだが、なぜか訝《いぶか》しげな表情をされてしまう。

「……本当に、頼むぞ」

「はい。大丈夫です」

「はあ。頼むから、もっと痛みに敏感になってくれ……」

「え？」

どういう意味だろう。清霞の言葉は、美世には時に難解だ。

やれやれ、と呆《あき》れた様子で清霞が身を翻す。

「いってくる」

「はい。いってらっしゃいませ」

小さく手を振って、美世は清霞の後ろ姿が扉の向こうに消えるまで見送った。

扉が閉まると、よし、と気合いを入れる。そして、自分の両頰をぱんぱん、と二回軽く叩《たた》いた。

（さあ、お義母《かあ》さまのところへ行かなければ）

清霞が言うには、ここでの滞在期間はせいぜい残り二、三日ということだった。

それもそうだろう。彼は隊をひとつ任されている、立場ある人だ。本来なら、こうして直々に調査に赴くのも異例のようだし、何日も帝都を離れていられなくて当然だった。

けれども、滞在期間があと数日となると、美世が義母と話をする機会も少なくなる。

初日のあの拒絶のされよう、二日目——昨日のあの様子を思い返せば、自然と気持ちも足取りも重くなってしまう。

あと二日やそこらで心を開いてもらうなんて、到底不可能な気がした。

(だめよ、しっかりしなくちゃ)

考えてみれば、まだ挨拶もまともにしていないのだ。このまま帰ったら必ず後悔する。

ここは、斎森《さいもり》家とは違う。この家には思いやりや優しさがちゃんとある。それは、使用人の面々を見てもよくわかった。暗い顔をしている者が、誰ひとりいないのだから。

だからきっと、上手《うま》くいく。

なんとか自分に言い聞かせて、美世は芙由の部屋の前に立った。一度、深呼吸をしてから扉をノックする。

「お義母さま、美世です」

正直に名乗ったら、部屋に入れてさえもらえないかもしれない。でも、美世はこれしか方法を知らなかった。

すると、意外にも中から「お入りなさい」と返事があった。

「失礼いたします」

そっと部屋に入って、美世は驚き息を呑《の》んだ。

芙由は、ベッドの上にいた。昨日はあれほど元気だったのに、顔色は悪く、表情も沈みきっている。美世に向けられた色の薄い瞳《ひとみ》も、すっかり力を失っていた。

「お義母さま、お加減が――」

悪いのですか、と尋ねようとしたけれど、芙由がそれを遮る。

「何をしに来たの」

「あ、あの、わたしは」

「……笑いたければ、お笑いなさい」

なぜ、この状況で笑うなんて言葉が出てくるのだろう。

芙由がいったい何を考え、どんな感情を抱いているのか。理解するには、どうしたらいいのか。情けないことに、途方に暮れるしかない。

「わたし、よくわかりません。おかしいことが何もないのに、笑えません」

「取り繕わなくてもよくてよ。こんなことになって、さぞ気分がいいでしょうから」

「気分がいいなんて……」

さすがの美世でも気づく。おそらく、芙由は何か勘違いをしているのだ。

でも、何をどう勘違いしているのかわからないし、その誤解を解く方法も見当がつかない。

美世は勇気を振り絞って、ベッドに近づく。すると、そばに控えていたナエが「こちらに」とだけ言って、椅子を用意してくれた。

「お義母さま、お加減が悪いのですか？」

「そうね。おかげさまで」

美世の問いに答えは返ってくるものの、やはり素っ気ない。

「朝食は摂《と》られたのでしょうか？」

「いいえ。あなたの顔がちらついて、憎たらしくて、気分が悪いのよ」

「……お義母さまは、わたしがお嫌いですか？」

「ええ、世界で一番」

はっきり言われると落ち込む。

しかも、世界で一番なんて。どうやったら覆せるのだろう。途方もなくて、泣きそうだ。

「どうしたら、嫌いでなくなっていただけますか」

こんな間の抜けた質問もない。でも、ほかに何も思いつかなかった。

芙由はふん、と鼻を鳴らし、そっぽを向く。その仕草は昨日よりも力ない。

「あたくし、あなたのことは一から十まで嫌いでしてよ。改善の余地などないわ」

「そ、そんな」

「あなたのせいで、旦那さまに叱られたのよ。もし嫌われてしまったら――」

「え？」

「とにかく、目障りだから出て行ってちょうだい。余計に悪化しそうよ」

しっしと手で払われ、美世は内心で焦る。

まだ、何も解決していない。これでは、芙由が美世のことを嫌いだというだけしかはっきりせず、終わってしまう。それを確認するのも必要なことだったのかもしれないが、それだけでは何も生まれないし、先へ進めない。

せっかくの機会を、このままふいにはできない。

（もう少し話に付き合ってください、と言ってもだめよね……）

何より、芙由は具合が悪いのだ。無駄話――ではないけれど、こうして美世がずっとそばで話していたらちっとも休めないだろう。

なんとかこの部屋に残る方法を、必死に考える。

「何をぐずぐずしているの。あたくしは出ていけと言ったのよ」

芙由の眦《まなじり》がどんどん吊《つ》り上がっていくのがわかる。

何か、言わなければ。でも、芙由が興味を持ちそうな話題を、と思っても、美世はそんな気の利いたネタは持ち合わせていない。

もともと、人と会話するのは苦手だ。

いろいろと知識の乏しい美世では語彙《ごい》もなく、話についていけないし、咄嗟《とっさ》に適切な言葉が見つからない。

たぶん、昔はそうではなかった。でも、話すという機能そのものを長年ほとんど使わずにきたので、衰えてしまったのだ。

(わたしが話術で気を引こうなんて、無謀なんだわ)

話がだめなら、ほかの手段だ。もはや行動で示す以外にできることはない。

「お義母さま」

「……何か？」

まだ何かあるのか、と心底嫌そうな顔をされ、挫《くじ》けそうになる。しかしそこをなんとか踏みとどまり、心を奮い立たせた。

「確か、朝食がまだだと……仰《おっしゃ》っていましたよね」

「言ったけれど。ちょっと、余計なことをされては迷惑でしてよ！」

「余計ではありません。わたし、朝食をとってきます」

これだ。これなら言われた通りに部屋を出ていきつつ、また戻ってこられる。

我ながら名案だと、密《ひそ》かに自画自賛する。咄嗟に口から出た思いつきだったが、人間必死になれば上手くいくものだ。

しかし芙由の反応は芳しくない。

「いい加減になさい。あなた、どれだけあたくしを不快にすれば気が済むの！」

「お義母さま……」

部屋を出ていこうとした足を止め、うつむく。

「その、お義母さまというのもやめてちょうだい。そうやって目上の者の言うことも聞けないのは、あなたの育ちが悪くて、野蛮だからではなくて？」

芙由の言葉は、ぐっさりと美世の心に刺さった。

芙由と仲良くなれるように、認めてもらえるように頑張りたい。それは、立派な淑女になるために勉強をしたい、と思ったときと同じくらい、純粋な願いだったけれど。

その願いを叶《かな》えるために行動するのは、ただ嫌がる芙由を無理やり付き合わせているだけの、願望の押しつけなのだろうか。

（わたしの行動は強引で野蛮だった？）

じわり、と胸の中に迷いが生じる。

これでいいのか。自分は芙由の嫌がることをする、嫌な人間なのだろうか。

でも、もうあまり時間もない。このまま引き下がってしまったら、二度と芙由と話す機会はないだろう。そうしたら、美世だけの問題ではなくなる。

かったとしても。

（きっと、旦那《だんな》さまも……）

芙由の行動は全部、清霞のためだ。たとえ清霞にとって、それがありがたいものではなかったとしても。

愛はあるのに、ろくに話もせずに家族同士でいがみ合うなんて悲しい。

（ちゃんと本音を話せば、上手くいくかもしれないのに）

美世が芙由に嫌われているせいで、清霞が芙由と向き合う可能性を消してしまうのだけは、避けたかった。

そもそも、ここへ来ることが決まったばかりのときは清霞の態度もそこまで頑《かたく》なではなかった。この別邸に滞在せず、ほかに宿をとることだってできたはずだ。楽観的かもしれないけれど、清霞だって芙由と顔を合わせる機会を前向きに捉《とら》えていたのだろう。

それを、美世の存在が壊してしまった。

（これ以上、わたしのせいで機会を潰《つぶ》してしまうわけにはいかないの）

迷っている場合ではないし、躊躇《ためら》っている場合でも、ない。でも、今よりももっと嫌われてしまうのも怖い。一歩を踏み出すのが、怖い。

「……わたし」

ここで引いてしまってもいいのか。怖くて、怯《おび》えて、そして現状のまま流されるだけ。

これでは何も変わらないのではないか。

冷や汗が滲《にじ》む。震える指先を、ぎゅっと握り込んだ。

「あの、わたし、もっとお話し、したくて」

気づけば、正直な気持ちを口にしていた。

「はあ？」

「お義母《かあ》さまと、いえ、奥さまと少しでも打ち解けられたら……って……」

もっと自然に、上手く立ち回れたらよかった。結局、こんな稚拙なことしか言えない自分が嫌になる。

これではただ、自分が芙由の望むような要領のいい人間でないことをさらしているようなものだ。

（わたしは、馬鹿よ……）

昨日だってそう。芙由に美世がどれだけ本気なのか、知ってもらおうと頑張った。自分がどんな心持で清霞のそばにいるのか、知ってもらえば話を聞いてもらえると考えたから。

なぜ、思いつかなかったのだろう。

余計に嫌われて当たり前だ。だって、芙由は美世の根幹――生まれや育ちといったものが特に気に入らないのだから、美世のことを知れば知るほど嫌いになるのに。

鼻がつんとして、視界がぼやける。

「……どうしたら、わたしを嫌いでなくなっていただけますか」

「言ったはずよ。改善の余地はないと」

やはり、芙由の返事は取りつく島もない。ごちゃごちゃと考えても一向に答えは出ず、もはや美世は自身の本心をさらけ出す以外の言葉を持たなかった。

「わたし、もっと頑張ります。旦那さまに相応《ふさわ》しい淑女になるために、努力は惜しみません」

「口では何とでも言えてよ。それに、努力が必ず実を結ぶわけでもないでしょう。仮にも異能の家に生まれたからには、十分身に染みているわね？」

「それは……はい」

努力ではどうにもならない、その筆頭が異能だろう。

持って生まれたものがなければ、その先、何をしようが認められることも、成功することもありえない。愛されることさえも。

そんな残酷な世界は、美世にとって最も身近だった。

「過去は決して変えられなくてよ。気持ちだけあっても、意味などないわ」

「……わたしは」

気持ちだけではない。言い返そうとしても、凍りついたように喉《のど》も、舌も、唇も動いてくれなかった。

美世はどこまでも未熟で、出来損ないだ。学んでも学んでも、満足にはほど遠い。過去は変えられずともあなたを満足させてみせる、なんて口が裂けても言えなかった。

それこそ、口先だけになってしまう。

「あたくし、あなたが何をしようと認めるつもりは一切ないの。認められたければ、生まれる家、親、育ち。すべてをやり直してから出直してちょうだい」

「…………」

それは、美世のすべてを否定し切り刻む刃《やいば》であり、強すぎる拒絶を示す高い、高い壁だった。


落ち込みきって芙由の部屋を出た美世を、ナエが追いかけてきた。

「若奥さま」

「……わたし、若奥さまにはなれそうにありません」

いや、当主である清霞の意向が絶対だから、『若奥さま』という肩書は手に入れられるだろう。けれど、そんなものに意味はない。

ずっと我慢していた涙がひと粒、転がり落ちた。そのことに、驚いてしまう。

(どうして、涙が出るの)

自分は傷ついてなどいない。もっとひどいことを、実家にいた頃はさんざん言われてきたではないか。今さら、どうして。

脳裏によみがえるのは、清霞の呆《あき》れた声。

『頼むから、もっと痛みに敏感になってくれ』

痛みに、敏感に。

(わたしは、痛いの?)

胸に手をやって、自問する。

慣れた、と思っていた。でも本当は、気づかなかっただけでずっと、痛かったのだろうか。

「若奥さま……」

ナエの心配そうな声に、はっと我に返った。

いけない。ぼうっとしている暇は、今の美世にはない。

「ナエさん。あの、昨日のようにわたしに何か、仕事をください」

「そんな。いけません」

「お願いします」

美世は芙由から逃げてしまったのだ。解決策は、見つからない。ならばせめて、できる仕事はしたかった。

それさえしなかったら、もうこの別邸に美世の居場所はない。

ナエはわずかに迷う素振りを見せてから、観念したように眉《まゆ》を下げた。

「では、今日はお掃除とお洗濯を手伝っていただけますか」

「はい。着替えてから、すぐに参ります」

美世は部屋に戻り、昨日の仕着せに着替えた。

気を引き締めるために、いつにもましてきっちりと固く髪を結い、襷《たすき》をかける。

（痛くなんかない。わたしは、傷ついてなんかないわ）

よく、自分の心に言い聞かせる。そうしないと、気力を全部失ってその場にへたり込んでしまいそうだった。

昔は、どんなに心をばらばらに砕かれても涙は出ず、身体は自然に動いた。でも今は、目の前が真っ暗になって、一歩も動けなくなってしまう。

前よりも、弱くなったのか？　否。

（きっと、今のわたしが幸せだから）

幸福を知った。温かさを知った。だから、昔の何倍もつらくなる。

美世はそのあと必死に自らを奮い立たせて、懸命に仕事に励んだ。傷から、問題から目を逸《そ》らし、ひたすら没頭した。

けれど、忘れようとすればするほど、胸は鉛を飲み込んだように重くなる。

一日黙々と働いて過ごし、夕刻。帰宅した清霞を出迎えれば、沈みきった気持ちはあっという間にばれてしまった。

「また何か言われたのか」

「……平気、です」

「答えになっていない」

清霞に心配をかけたくない。しかし誤魔化しきれなかった。

深いため息を吐かれてしまった。

「……怒らないで、聞いてください」

「またそれか」

美世は芙由とのやりとりを洗いざらい話した。清霞は、美世が望んだ通りに口を挟まずに黙って最後まで話を聞いてくれた。

「美世。私は、どうしたらいい」

清霞の言葉に、は、と顔を上げる。こちらを真っ直ぐに見下ろす彼の瞳《ひとみ》は、とても静かで憤りなどは伝わってこない。

美世が怒らないでほしいと、好きにやらせてほしいと願ったからだ。

「……旦那さま」

自分で何とかしたい。意気込んでおいて、このざまだ。情けなくて恥ずかしい。

もう、清霞に頼ってしまおうか。そうすれば、解決はしないかもしれないけれど、傷つくことはなくなるだろう。つらい思いをしないで済む。彼が、守ってくれるから。

(それで、いい？　後悔しない？)

美世は、強くない。この瞬間にも、逃げたくて仕方ない。そして、たとえ逃げ出したとしても、誰も美世を責めたりしないだろう。

腰が引ける。芙由と美世は同じ人間であり、女性であるという以外は何もかもが違いすぎて、永遠に分かり合えないのではないかと怯《ひる》まずにはいられない。

しかし、美世の首は勝手に左右に動き、口は勝手に答えを述べた。

「何も、しないでください」

「いいのか」

「まだ……頑張れ、ます」

言ってしまってから、でも、と続ける。

「もし、苦しくて、悲しくて、どうしようもなくなったら――」

「私が守ってやる。泣いてもいい。だから、後悔しないようにぎりぎりまで頑張ってみろ」

「……はい」

この人がいれば大丈夫。前のように、自分の心さえ失くしてしまうことはない。

だから、もう少しだけ。もう少しだけ、あきらめずにいたい。


芙由と顔を合わせる機会が巡ってきたのは、幸か不幸か、全員が一堂に会した翌日の朝食の席だった。

美世と清霞が別邸にやってきてから初めて、芙由が食事の席に姿を現したのだ。

「やあ、まいはにー。具合はもういいのかい?」

正清が陽気に声をかけるが、芙由は一瞥《いちべつ》しただけだった。

美世の隣に腰かけた清霞は、一見、まったく動じていない。美世だけが、緊張で身を硬くしている。

「お、おはようございます。お義母《かあ》さま」

思い切って挨拶《あいさつ》をしてみる。しん、と沈黙が落ちた。

「その呼び方、やめなさいと言ったでしょう。朝からやかましくてよ。品がないったら」

手厳しく返され、美世は少しだけ縮こまる。居たたまれないけれど、もしかしたら無視されるのではないかと思っていたので、安心する。

それが顔に出ていたのか、嫌そうに眉を顰《ひそ》める芙由。

「何をにやけているの。気色悪い」

「も、申し訳ありません」

それきり、再び沈黙に包まれた。

美世にはまた話しかけたい気持ちもあったが、どうしても昨日を思い出して尻込《しりご》みする。

男性陣はすっかり静観に徹していた。

ただ、朝食が並べられる小さな音だけが響く。

「では、いただこうか」

正清のかけ声で、各々、食事を始めた。

今日の朝食は、ふかふかのバターロールに、オムレツと焼いたベーコン。蒸した野菜のサラダ、きのこのポタージュという相変わらず豪華な献立だった。

この家の食事が洋風なのは、どうやら芙由の好みらしい。

とはいえ、身体の弱い正清がだいたいいつもひとりだけ違う献立なので、芙由の希望に沿うしかないのかもしれないが。

美世は食事を口へ運びながら、芙由の様子を盗み見る。

（お義母さまはやっぱりとても、綺麗《きれい》な人）

顔かたちはもちろん、仕草や立ち居振る舞いも。

美世から見ればやや派手なところもあるけれど、お手本にしたい人であることは間違いない。

美世は何の含みもなく母と呼べる人ができることが、本当はとてもうれしかったのだ。

だから、蛇蝎《だかつ》のごとく嫌われていてもなかなかあきらめられない。

（どうやって話を切り出そう……）

このままでは、何も起こらずに食事の時間が終わってしまう。部屋に行けば芙由の機嫌をさらに損ねてしまうし、次の食事のときにもまた芙由が出てくるとは限らない。

そうしたら、そのままここでの滞在期間が終了してしまう可能性もある。

「お義母さま」

ど、ど、ど、と自分の心臓の音ばかり聞こえる。

呼びかけただけなのに、どうしようもなく緊張していた。

「あなた、本当に学習能力がないわね。呼ぶなと何度言わせるの」

緊張しすぎて、肝心の芙由の言葉も今はあまり刺さらない。

食堂内は緊迫した空気が漂う。しかしそれを気にしている余裕もない。

「あ、あの、あとでまた、お部屋に行ってもいいですか」

「嫌よ」

「わたし、お義母さまから教わりたいことが、たくさんあります。お義母さまは、すごく立派な淑女だから……あの、わたしもそうなりたくて、それで」

「おだてても許さなくてよ」

別に美世は誉め殺しを狙っているわけではなかったが、芙由にはそう思えたようだ。

どうしたら、本気だとわかってもらえるだろう。一瞬、会話が途切れると正清が穏やかな声音で「まあまあ」と割って入った。

「いいじゃないか。教えてあげれば」

「旦那《だんな》さまは黙っていてくださる？　そんなことまで指図されたくなくてよ」

弱っていたのが嘘のように、芙由は正清の言葉をばっさりと切り捨てる。

昨日話していたときは、嫌われたくない……というようなことを言っていた気がしたが。

たぶん、気のせいだったのだろう。

「そうか。ごめん」

正清はしょんぼりと肩を落とした。

「これ以上は、時間の無駄ね。あたくし、失礼させていただきますわ」

芙由はゆっくりとカトラリーを置き、立ち上がる。皿の上の朝食は半分ほど残っていた。

「あ、待ってください……！」

追いかけようと腰を浮かせたものの、料理を残してしまうのが申し訳なくて躊躇《ためら》う。その間にも、芙由は食堂から出ていこうとしている。

けれど、その時だった。

食堂の扉が開き、焦った様子の笹木《ささき》が飛び込んできたのは。

◇◇◇

場の空気は、それまでと別の緊迫したものにさっと切り替わった。

昨日はあれだけ傷ついて、涙を浮かべていた美世が芙由に立ち向かっていく姿はどこか誇らしく、どこか寂しい。

側で聞いていて感傷的になっている自分に苦笑するほかなかったが、そんなふうにのんびりしている場合ではなくなったようだ。

青い顔で食堂にやってきた笹木は、何事かを正清に耳打ちし、正清は落ち着いてそれにうなずきを返す。

「いったい、何事だ？」

清霞が冷静に問うと、珍しく真剣に正清が答えた。

「村が大騒ぎになっているみたいだ。村人のひとりが助けを求めてここへ駆け込んできたとか」

「すぐ行く」

清霞が席を立つと、険しい表情で正清も続く。

昨日も村へ調査と見回りに行ったが、相変わらず入れ違いなのか廃屋に人はおらず、空振りに終わった。それにまだ、中央からは何の指示も来ていない。

捕虜の尋問もすでに行き詰まりとなり、昨日は本当に何も進展がなかった。

しかし、何か動きがあったとなると、こちらも動かないわけにはいかない。

玄関ホールへ向かう道すがら、笹木に確認する。

「笹木、具体的に何があったか、聞いているか？」

「いえ。ですが、どうやら朝方に何かあったと……。鬼がどう、ということですが」

「鬼か」

まただ。正体不明の鬼の目撃情報。騒ぎになっているとは、今度はいったい何が起こっているのだろう。

「清霞。村へ行くのかい」

背後から問われ、清霞ははっきりとうなずく。

「状況にもよるが」

「そう」

「もしかしたら、この屋敷も危なくなるかもしれない。そのときは」

「うん。約束した通りだ。守りはこちらに任せてほしい」

なにしろ、いまだ推測の域を出ないが、相手は異能に関係するであろう、未知の組織である。何をしてくるか、見当もつかない。

軍人としてここへ来ているからには、清霞は私情を優先することはできない。

ほぼ間違いなく、正清の力を借りることになる。人間性という点では清霞は実の父親を信じていないが、異能者としての彼の実力は本物だ。

玄関ホールにたどり着くと、隅に置かれたソファに村人の姿があった。

「あれは……」

村の若者だろう、見覚えのある後ろ姿だ。

あちらも近づいてくる清霞たちに気づいたのか、慌てて振り返った。

「た、助けてくれ……軍人さん」

村人はやはり先日会った、最初に鬼を見た男だった。

「何があった」

「鬼が、鬼が出たんだ！　仲間が食われた」

「待て、落ち着いて話せ」

男の話を整理すると、こうだ。

村人たちの噂への不安はいよいよ限界に達し、男や商店の女が止めるのも聞かず、男衆で集まって夜明け前に廃屋を壊しに行ったらしい。

——大人数ならばなんとかなると踏んで。

しかし、いたのは大きな鬼だった。男が以前見たときと同じ姿の鬼だ。

鬼の動きは素早く、男たちは次々に襲われ、その尖《とが》った牙《きば》を身体に突き立てられた。けれども、襲われた男たちに特に外傷はなく、外見にも変化はない。

子ども騙《だま》しかと男たちは笑ったらしいが、それはすべて間違いだった。

「時間が経つにつれ、皆がおかしくなったんだ。わけのわからないことを言って暴れだしたり……！　あれは魂を食われたとしか思えない！」

鬼の怖ろしさを、ひとりではないから、変化がないからといって笑う気になれなかった男は、必死に逃げたという。

「けど、俺も逃げる途中で足を……。もうだめかもしれない」

「落ち着け。おそらくそれは、魂を食われたわけではない。お前は、ここで少し休め」

よく頑張った、と清霞は男を労《ねぎら》った。

先日はあれほど怯《おび》えていたのに、今は震えてはいても恐慌状態に陥っていない。きっとこの男は、ひどく村思いなのだ。

「頼むよ！　このままじゃ、村が」

必死に言い募る男。――だが、その動きが急にぴたりと止まった。

「どうした？」

「あ、ああ……うがあああ！」

唸《うな》った男は白目を剝《む》き、頭を抱える。明らかに様子がおかしい。

清霞は軽く息を呑《の》んだ。

（鬼に食われるとこうなるのか？）

いや、魂を食われたのだと男は言ったが、普通はこうはならない。何か、根本から一般的な怪奇現象とは違っている気がした。

「これはいったい、どうなっているのっ！」

異様な空気が満ちる玄関ホール。そこへ、やってきた芙由が金切り声を上げた。その後ろには、不安げに顔を曇らせた美世もついてきている。

「芙由ちゃん。ここは危ない。部屋に戻っていなさい」

正清が警告するも、芙由はまったく納得する気配がない。

「旦那さま、なんですの。これは！　説明を求めますわ！」

彼女の厳しい視線は、もがき苦しむ村人の男へと注がれている。

面倒なことになったと、清霞は歯噛《はが》みした。

この、気位の高い生粋の令嬢である芙由が、屋敷の中に農民を招き入れること自体、承知するはずがない。そもそもそんなことに構っている場合ではないというのに。

すぐにでも村へ行かねばならないが、ここをこのままにしておいていいのか。行動を躊躇う清霞に静かに近づいてきたのは、美世だった。

「旦那さま、あの、これは」

「村人を鬼が襲ったらしい。私は今すぐ村へ向かう。……美世」

「はい」

こちらを見上げる婚約者の瞳《ひとみ》は、少しも揺るがない。そして、すでにすべてを見通しているかのように、うなずいた。

「この方の面倒を見るのは、任せてください。旦那《だんな》さまは早く、村に」

ああ、母とのことで不安がっていた彼女はいったいどこへ行ったのだろう。今の美世は、こんなにも頼もしい。

清霞は一瞬、目を伏せた。

彼女は日々、成長している。もう、清霞の守りなど必要ないくらいに。いつか、大きな翼でもって、自由な世界へ飛び出していくのだろう。

(そうなったら、おそらく私は)

父の言う通りなのかもしれない。愛というものが、もう誤魔化せないほど大きく、清霞の心に芽生えているのかもしれなかった。

けれど、その答えを出すのは今ではない。

清霞は真っ直ぐに、美世の澄んだ瞳を見返した。

「頼む。……美世、危ないことは絶対にするな。戦いは父に任せておけばいい」

「はい。無理はしません。旦那さまこそ、お気をつけて」

ああ、と返事をして、美世の額に自分の額をくっつけた。

「だ、旦那さま」

必ず、一切合切を片付けて、速やかにここへ戻ってくる。このぬくもりを、忘れないうちに。

「いってくる」

清霞は身を翻し、振り返ることなく村への道を急いだ。

◇◇◇

婚約者の背を見送る。

美世にできることは多くない。いや、ほとんど何もない。清霞がそばにいなくて、不安にだってなる。でもこうして見送ることが、美世の役目だ。

扉が閉まると、美世はすぐさま村人の男性に駆け寄った。

「美世さん、待ちなさい。むやみに近づくのは危険だ」

すでに男性の傍らに膝《ひざ》をつき、様子をうかがっていた正清が言う。

男性は、もうほとんど意識がないようだ。時折、呻《うめ》き声を漏らしながら、ぐったりと力なく横たわっていた。

「近づかないと、何もできません」

正清の言葉にそう返しながら、少しも躊躇《ためら》うことなく同じように膝をついて男性の顔を覗《のぞ》き込んだ。

医者ではないので、男性のどこが悪いのかは美世にはわからない。しかし、ここでこのままにしておくのが良くないのはわかる。

「とりあえず、どこかに場所を移しましょう。……ナエさん、一階の空いている客間にこの方を寝かせられるでしょうか」

「ご用意いたします」

「お願いします」

近くで控えていたナエに頼むと、彼女は強くうなずいて、てきぱきと他の使用人たちに指示を出し始めた。

美世は次に、正清を振り返る。

「お義父《とう》さま。客間を使って、よろしかったですか？」

「もちろんだよ」

快く首を縦に振り、男性は自分が客間まで運ぼうと申し出る正清。

けれども、それに納得していない人がいた。

「ちょっと、お待ちなさい！」

甲高い、よく通る芙由の声が玄関ホール中に響き、慌ただしく動き始めていた全員が、彼女に注目する。

「そんな、そこらの農民を受け入れるなんて、あたくしは許さなくてよ！」

「お義母《かあ》さま」

「もし、そうやって倒れた原因が何かの流行《はや》り病だったりしたら？　この屋敷の者は全滅よ」

「それは……」

確かに、彼女の言い分には一理ある。

美世も、おそらく正清も、この男性が急に倒れてしまった原因を知らない。下手に受け入れることで、被害を拡大してしまう可能性も十分にあった。

だが、こんなことで揉《も》めている場合でも、ない。

美世は腰を上げると、芙由と正面から対峙《たいじ》する。

「お義母さまのおっしゃることも、もっともです。でも、いつまでもこうしているわけにもいきません」

「あなた！ だいたい、どうしてあなたが仕切っているの？ あなたには何の権限もありはしないわ。勝手なことをしないで！」

眉尻《まゆじり》を吊《つ》り上げ、芙由が叫ぶように喚《わめ》く。彼女は一昨日と同じく、ひどく感情を高ぶらせているように見えた。

けれど、ここはどうしても引けない。

「はい。わたしには何も権限なんてありません。でも、旦那さまと約束しました。この場は任せてくださいと」

みすみす家を危険にさらすこと。この行動が、正しいか間違っているかは美世にとって問題ではないのだ。何かを託されたのであれば、それをちゃんとこなすのが妻の役目だと思うから。

少しだけ自分よりも上にある芙由の目を見て、美世は言い返す。

昨日は何も言えないまま引き下がるしかなかったが、今はもう夢中だった。

「そんなに面倒を見たいなら、余所《よそ》でやってちょうだい！ この屋敷の女主人はあたくしよ」

「わたしだって、旦那さまの婚約者です！」

「！」

「旦那さまが、後方に憂いなく存分にお仕事に向き合えるよう支えるのが……わたしにできる、わたしの役目なんです。わたしは、それを全うしたい」

清霞は異能者だ。異能者は国に兵器として使われる。どんな危険な戦いにだって、命じられたら行くしかない。

——彼を支えるために、できることはなんだってする。

これが、美世の覚悟。誰にも譲れない。

「芙由ちゃん。主人たる僕が、許可を出したんだ。そこまでにしないか」

「どうして！　あたくしは間違ったことは何も言っていませんわ」

そう。芙由の役目はこの久堂《くどう》家別邸と、そこにいる人々を守ること。だから何も間違っていない。素性もよくわからない村の人間を受け入れないのは、当然の対応だろう。

美世は頬を緩ませ、芙由に微笑みかけた。

「はい。ですから、全部わたしがやります。お義母さまはお部屋にいてください」

美世の言葉に芙由は目を丸くする。

「な……！　あなた、そこの者と一緒に隔離されるとでも言うの？」

「お義母さまがそうしろとおっしゃるなら」

「ば、馬鹿を言わないでちょうだい！　あなたは女でしょう。病人とはいえ、殿方と二人きりになんて許さなくてよ！」

「え」

今度は美世が驚く番だった。

芙由が今言ったことは、どういうことか。これは美世の勘違いだろうか。

「……お義母さま、心配してくださるのですか？」

やや呆然《ぼうぜん》としながら問えば、さっと芙由の頬が朱に染まる。

「そ、そんなわけないじゃないの！　簡単に婚約者以外の殿方と二人きりになるようなふしだらな女は論外だと思ったまでですわ！」

「あ……」

芙由の言う通り、美世の発言は淑女としての慎みに欠けていた。

それを心配してくれた、なんて勘違いをして恥ずかしい。

「わかればいいのよ」

落ち込む美世を見て、芙由はふん、と鼻を鳴らした。

その後、客間へ移された男性はほどなくして完全に意識を失ってしまった。

「これはまずいかもしれない。呼吸も浅いし、心音も小さい」

男性の様子をひと通り確かめ、多少医学の知識を持つという正清がそう見立てる。

美世は今もたまに苦しそうに身じろぎする男性の額の汗を拭《ぬぐ》ってやることくらいしかできない。けれど、正清はそれでもいいと言った。

「原因がわからないことには、対処のしようもないからね。君が見ていてくれれば、異変があったときにすぐわかるし、ありがたいよ」

「でも……」

このままでは、命も危ういのではないか。

原因はきっと今頃、清霞が探っているだろうが、あとどれくらいかかるかわからない。それまで、この男性の命がもつ保証はどこにもない。

正清の言う通り、男性の呼吸はこうしている間にもどんどん弱くなり、すぐにでも止まってしまいそうに思える。

不安でベッドから目を離すことができない美世の肩を、正清が小さく叩《たた》く。

「美世さん、焦ってもしかたないよ」

「……はい」

答えながら、頭の中には一瞬ある考えが過《よぎ》っていた。

この男性の命を救う方法だ。意識がないのなら、美世の異能で彼の中へ潜り、内側から働きかければ目を覚ますのではないか、と。

美世は現在、葉月《はづき》や従兄《いとこ》の新《あらた》から異能のことや使い方を学んでいる最中だ。

普通の異能者は幼い頃から自然と異能と向き合っているので、息をするように己の力を使いこなせるが、美世はそうではない。まずは自分の異能を認識しなければならず、今も修行中の身。いまだ、異能者として未熟な腕前だった。

人の心へ干渉する薄刃《うすば》家特有の異能は、とても危険だ。操作を誤れば、人の精神を容易《たやす》く破壊してしまう。

新からは、絶対に自分ひとりの判断で故意に異能を使ってはいけないと、強く言い含められている。以前、目覚めなくなってしまった清霞を助けられたのは、まぐれに等しい奇跡だったからと。

下手をすれば、男性を目覚めさせるどころか、美世も目覚めなくなってしまうかもしれない。

(だめよね……。もしも失敗したときの不利益が大きすぎるもの)

だいたい、正清も原因がわからないと言っていた上に、鬼に魂を食われたなんて言う話もあるから、夢見の力を使ったら最後、何がどうなるか見当もつかない。

実行に移すのは、あまりにも無謀。

「しかし、清霞の言うように鬼に食われたというのは、疑問が残るな」

顎《あご》を撫《な》でながら正清は呟《つぶや》き――が、急にはっとして厳しい視線を巡らせた。

「何か、来たね」

「え？」

何のことか、と美世は首を傾げる。正清はふう、と息を吐いて、弱弱しく微笑んだ。

「誰か……客が来たみたいだから、僕は出迎えに行ってくるよ」

こんなときに客とは、いったい誰が。そしてなぜ、ここにいてそんなことがわかるのか。

疑問が口から出かけたが、尋ねるのはやめた。どことなく、正清の様子がおかしいように感じたからだ。

「美世さん、清霞も帰ってきて全部済んだら、君たちが帝都に戻る前に、皆で美味《おい》しいものでも食べよう」

「？　……はい」

正清は美世の肩をぽん、ともうひとつ叩くと、部屋から出ていく。

「旦那《だんな》さま、いったいどこへ」

なぜか部屋の前にいたらしい芙由の声が聞こえてきた。

「ちょっとね。芙由ちゃん、そんなに気になるなら部屋の中に入ればいいじゃない」

「なっ……気になってなどいません」

これには何も答えず、正清は笑いながら去っていく。すると、嫌々、というふうに入れ違いで芙由が部屋に入ってきた。

「あなた、本当に看病なんてしているの？」

「はい」

美世はベッドに横たわる男性から目を離さず、返事をする。

逃げるわけではない。でも、今は非常時だ。芙由と言い争ったり、落ち込んだりしている場合ではない。

「そこまでして、清霞さんの気を引きたいの？」

芙由の声はこれまでにはなかった迷いを、わずかに含んでいた。

「わたしは」

気を引きたいのか、と訊《き》かれたら、否定はできない。いつだって、美世は清霞に褒められたいし、清霞の隣に並ぶに相応《ふさわ》しいと心の底から認めてほしいと思っている。

でも、それがすべてではないのもまた、事実だ。

「わたしは旦那さまの役に立ちたい。婚約者という立場に甘えたくはないんです。できることからひとつひとつしていって、いつか、胸を張って堂々と旦那さまと並び立てるように」

「…………」

「だからもし、わたしにできることがあるなら」

美世はそっと意識のない男性の手をとった。手首に指の腹を当ててみると、脈はすっかり弱くなり、呼吸もさっきからずいぶん浅く、間隔が空く。

刻一刻と男性の命が失われているのは、素人目にも明らかだ。

――もうあまり、猶予はないのかもしれない。

「……命までも、かけられて？」

「はい。かけます。旦那さまのためなら」

いっさいの迷いなく、美世は間髪を容《い》れずに答えた。

今もきっと清霞は危険な戦いに身を投じている。あの村と人々を守るためだ。清霞なら守り抜けると信じている。

でももし、この男性がここで命を落としてしまったら。あの村の人々の怒りは清霞に向くだろう。他のすべてを守ったとしても。

やはり、このまま見ているわけにはいかない。

「……お義母《かあ》さま」

「何よ」

「わたしが、この人を救います」

心は決まった。新との約束は破ってしまうけれど、できることがあるのにぼうっとしてはいられない。

芙由は不可解だという顔で、美世を睨《にら》む。

「何の力もないあなたが？　どうやって？」

「手は、あります。……わたしが、異能を使います」

意味がわからない、馬鹿にしているのかと顔をしかめる芙由を、美世はようやく振り返った。

「あなた、異能は持たないのではなかったの？」

「はい、前までは。でも、わたしはこれでも……薄刃の家に連なる人間です。この人の意識の中へ入り込めば、意識を取り戻させられるかもしれません」

「薄刃……意識に入るって――」

「お義父《とう》さまもおっしゃっていました。意識さえ取り戻せば、もう少し容態が安定するだろうと。わたしの力なら、きっと」

あとは美世が失敗しなければいい話だ。もちろん、自分が未熟者であることは重々承知している。失敗しなければいいだけ、なんて、簡単に言えない。

上手《うま》くいかなかったときのことを考えれば、じっとりと嫌な汗が滲《にじ》む。

これは、正真正銘の命がけの策なのだ。

「聞くだけで危険そうだけれど」

「はい。……正直に言うと、無謀だと思います。わたしはまだ——異能に目覚めたばかりで覚束ないですし」

芙由は何とも言えない表情を、持っていた扇子を開いて隠した。

「お義母さまは、おっしゃいましたよね。気持ちだけでは、どうにもならないと」

「言ったわ」

「わたしもそう思います。だから、行動で示させてください」

ぐ、と芙由の眉間《みけん》に深いしわが寄る。

「あたくしは別に、あなたに危険な賭《か》けをしろと言ったわけではなくてよ」

なんだか、芙由らしい物言いについ笑いがこみ上げた。これから、無茶なことをしようとしているのを忘れそうだ。

彼女が、美世に対して、危険を冒してまでも覚悟を見せろと言ったわけでないことくらいは、理解している。そもそも、これはそういう問題ではないからだ。

（だからこれは、わたしの意思）

何も持たない自分だけれど、もう一歩も動けずに立ち止まっていたくない。

「はい。ですから、お義母さまが責任を感じる必要はありません」

「……そういう意味で言ったわけではなくてよ」

小さな芙由の呟きは、美世の耳に届く前に、消えた。

美世は、あらためてベッドに向き直ると、震える指で男性の手首を軽く掴《つか》む。そして、目を閉じた。

この閉じた瞼《まぶた》を開くことは、二度とないのかもしれない。失敗したら、そうなる。清霞にも会えない。あの家にも帰れない。

――怖い。

でもそれを、今は必死に胸の奥に押し込めた。

（動揺や躊躇《ちゅうちょ》は、異能の発動に支障をきたすから……落ち着いて）

習ったことを思い出す。

『いいですか。異能を使うときは平常心です。でないと、効果が安定しませんし、最悪の場合は発動に失敗します』

『そして、異能が強力であればあるほど、失敗したときはひどいことになります。自分を含め、人死にが出ることは覚悟しなければいけません』

『はっきり言って、以前、君の異能が問題なく使えたのはまぐれです。己の力を過信しないように。ひとりの判断では、絶対に使わないでください』

従兄の声が、脳裏に響く。まるで、言いつけを破る美世を咎《とが》めるように。

でも、こういうときのために、異能を使えるようにと備えてきたはずだ。使わなくてはいけないときに使わないのは、ありえない。

大丈夫、きっと上手くいく。

意識して、呼吸を深くする。自分自身をどんどん深くへ沈めて、真っ暗な、上も下も前後左右もわからない世界へ潜っていく。

すると真っ暗闇の中に、ややあって意識と意識が繋《つな》がったその境界線、薄《う》っすらとか細い糸のような線が見えてきた。

これを踏み越えれば、この先は自分でない、他者の心の中。

実体を持たない、ふわふわとした身体に力を入れる。ごくりと唾《つば》を呑《の》み込み、美世は一歩を踏み出して――。

（え？）

急速に身体が意識の世界から現実の世界へと浮き上がり、戻っていく。あと少しで届きそうだった境界の先が、ぐんぐん遠ざかる。

五感のうち、最初に戻ってきた聴覚が、聞き慣れた声を拾った。

「美世、やめなさい！」

「……え」

すべての感覚が戻ってくると、ずっしりとした肉体の重みがのしかかる。冷や汗が、ぶわりと肌に滲む。

美世の身体は今、がっしりとした男性の腕の中にあった。目の前にある美しい顔は、まぎれもなく美世の従兄《いとこ》、薄刃新のものだ。

「何をしているんですか、君は！　どうして約束を破るんです！」

新は激怒していた。いつもは柔らかな笑みを浮かべている顔を、怒りで歪《ゆが》ませている彼は初めてだ。

靄《もや》がかかったような頭で、美世はどうでもいいことを思う。

「どうして、新さんがここに？」

「そんなことは、どうでもよろしい。俺は君に怒っているんです。あれほど勝手に能力を使うなと言ったのに」

新の腕に支えられていた身体をゆっくり起こすと、強烈な眩暈《めまい》が襲ってくる。

頭痛に苛《さい》まれながら、美世は首を傾げるしかない。

どうしてここにいるのかわからない従兄に、同じく困惑した様子の芙由。

半開きになった扉の向こうにはナエたち使用人の面々が、こちらもどうしたらいいか、と混乱しきった表情で立っている。

「美世、聞いていますか？」

「あ、は、はい」

とりあえず、うなずいておく。すると、呆《あき》れたようにため息を吐かれてしまった。

「とにかく、間に合ったようでよかったです。……まったく、堯人《たかいひと》さまはこのために俺を？」

「え？」

「俺は堯人さまの指示でここに来たんです。理由はよくわかりませんが」

新は美世に合わせて床に膝《ひざ》をついていたが、美世の手を引いて立ち上がる。

栗色の癖毛はらしくもなく少し乱れていて、身につけているシャツとジャケットも心なしかくたびれている。相当慌ててやってきたようだ。

美世はふらつく足をなんとか踏みしめて、転倒を免れた。

「……あなた、人の家に勝手に上がり込んで、いったいどこの誰ですの？」

新の背後から、芙由の硬い声が聞こえた。そちらへ視線を移すと、警戒心を露《あら》わにして芙由が新を睨んでいた。

けれども、そんな不審者を射殺しそうな芙由の目などものともせず、新はいつもの人好きのする笑顔で実に堂々と返す。

「初めまして。薄刃新と申します。従妹《いとこ》の美世がお世話になっております」

「薄刃ですって……⁉」

「ええ」

新がはっきりとうなずいた途端、みるみる芙由の顔色が悪くなる。

「どうして」

どうにも以前の一件以来、薄刃家が身近な存在となっていて忘れていたけれど、本来あの家は畏怖《いふ》の対象だ。人心を操る異能者など、恐怖や不気味以外の何物でもないだろう。

美世が薄刃の名を出したときはあまり実感がなかったらしい芙由も、この、見るからに只者《ただもの》でない薄刃家次期当主には動揺を隠せないようだった。

「どうしても何も。さっきも言ったように、俺は堯人さまに遣わされただけですので。……ただ、勝手に侵入したことについては弁明のしようもありません。申し訳ありませんでした」

やけにすんなりと、おまけに殊勝な態度で謝罪され、さすがの芙由もあっという間に毒気を抜かれてしまったようだ。

不審者を見る目が、呆気《あっけ》にとられた顔になっている。

「な……ま、まあ、ええ」

「そうですか、よかった！　許していただけて」

「えっ」

「何か？」

芙由は許すなど、ひと言も口にしていない。しかし新の笑顔の圧力と、謝罪を受け入れたことによって、強く出られないようだった。

さすが、貿易会社で働く交渉人。あの芙由までも一瞬で丸め込んでしまうとは。

密《ひそ》かに感心していると、再び矛先が美世のほうへと向いてきた。

「それで、美世。無断で異能を使ったことに対する言い訳は？」

「……ありません、ごめんなさい」

自分のしたことに後悔はないけれど、言い訳しても新を納得させられる自信はない。

肩を落とし、自分の爪先《つまさき》を見ているしかない美世に、新は息を吐いて力を抜く。

「お説教はまたあとにします。今は、ここをなんとかするほうが先ですね」

そう言った彼の視線は、ベッドに横たわる男性へと向けられていた。

「美世は、この人を救いたいんですよね」

「はい」

新は仕方ないな、というように笑う。

そういえば、先ほど正清が言っていた客とは、新のことだったのだろうか。それにしては、帰りが遅い。

疑問に思いながらも、美世は新との会話に集中した。

「ここでこの方に死なれては、俺も寝覚めが悪いですから。付き合いますよ。美世、異能を使う用意を」

「は、はい！」

まさか、異能を使うのを許してもらえるとは思っていなかったので驚きつつ、勢いよくうなずく。

「――まだ、続ける気なの？」

ぽつり、とこぼした芙由を、美世は振り返った。

「はい」

「なぜ」

「……お義母《かあ》さま」

芙由の中には、美世に対する誤解がある。それがどういうものか美世には察せられないけれど、自分の言葉は真っ直ぐには届かないのかもしれない。

迷ったのは、ほんの瞬きの間。

「わたしは少し前まで、何もかもあきらめていました」

口をついて出た音は、微《かす》かに寂寥《せきりょう》を含む。

自分には何もない。何も手に入れられない。こんな人生、早く終わってしまえばいいと。

夢も希望もなく、死を考えているときだけが、安らぎだった。生き永らえるよりも地獄へ落ちたかった。命を消すことに、憧《あこが》れた。

でも。

「でも、旦那《だんな》さまはわたしに、心をくださいました。空っぽのわたしに、温かいものをたくさん……」

ぽろぽろと砕けて零《こぼ》れ落ちたものを、拾う力も残されていなくて。空になって、干からびていた心を潤し、満たしてくれたのは清霞だった。

だからもう、美世のすべては清霞にもらったものでできている。あきらめるということは、清霞にもらった宝物を打ち捨てることだ。

「だからたとえ、わたし自身やわたしの過去が望ましいものでなかったとしても……今のわたしにできること、持っているものまで見落としたり、あきらめたりはしたくないんです」

「あなた、自分がどんな状態か、わかっていて？」

慣れない異能の行使で、体調に異常をきたしている。

ひどい眩暈と、頭痛。身体に上手《うま》く力が入らず、足元は覚束ない。少し吐き気もあり、冷や汗が止まらない。

正直、立っているのがやっとだ。

きっと顔色もひどいものだろうから、さすがの芙由も不安になったのかもしれない。

「わかって、います」

無理やり笑顔を作って美世が言うと、芙由はそれきり黙り込んだ。

「美世、この男性はいったいどうして、こんな状況になったんですか？」

「あ、はい。……わたしも、聞いただけですが――」

近くの村が鬼に襲われたらしいこと、この男性も鬼に食われたと話していたらしいこと。

話してみるけれど、どちらも何気なく聞きかじっただけの情報で、新に詳しく聞き返されても美世には答えられない。

しかし芙由も状況を把握しきれていないようだし、清霞も正清もこの場にいない。断片的な情報で何とかするしかなかった。

「今ひとつ、要領を得ませんね」

「……ごめんなさい」

美世は自分の力不足を恥じた。

もっと、話を聞いておけばよかった。美世の異能がもっと熟達していて、頼りがいのある異能者であったなら……と考えずにはいられない。

新は穏やかな笑みを浮かべて、美世の肩を強く支える。

「謝ることはないですよ。任務に守秘義務はつきものですし、君をいたずらに危険なことに巻き込みたくない久堂少佐の気持ちもわかりますから」

「はい」

美世がうなずいたのを見ると、新は「それにしても」と言葉を続ける。

「確かに、これは鬼に食われた、というには不自然ですね。……魂を奪われる、というのは、完全に肉体が空になってしまうことなので。これはむしろ——」

◇◇◇

清霞は屋敷を出てから、駆け足で例の廃屋へと向かっていた。

その途中、通り抜けた村の中は、やはり大きな混乱が見受けられる。別邸で倒れた男性と同じく、意識のない男たち。それに寄り添う親族たちも皆、心配そうで不安げだ。

(これは本当にまずいな)

清霞の予想では、あれは鬼に食われた、というのとは少し違う。

おそらく、食われたのではなく、憑《つ》かれたのだ。しかし完全に憑依《ひょうい》されているのともまた、違う。そうであれば今頃、男たちの身体は鬼に乗っ取られている。

(いうなれば、鬼の一部を無理やりに取り込まされた……)

異形とて、命であることには変わりない。人間に害をなすものは排除するほかないが、その命をやたらと弄《いじ》り回すべきではない。だが。

(異能心教《いのうしんきょう》とやらは、それをした)

小さく分割した鬼の魂、あるいは血や肉片といったものを人間に埋め込み、完全ではない、小規模な憑依状態を作り出す。

男たちの意識がなくなるのは、肉体が拒否反応を起こしているためだ。

これは、捕虜とした男の身体検査を行った結果たどり着いた推測でもある。

あの捕虜の体内にもまた、鬼の気配があった。

(だが、それに何の意味があるのか)

考えているうちに、清霞は廃屋のごく近くまで来ていた。

「それ以上は、近づかないでいただきたい」

突然、前方から低い声が聞こえてくる。さく、と落ち葉を踏みしめて姿を現したのは、またもや黒いマントの人物だった。

もちろん、誰かがいることはわかっていたので、清霞が驚くことはない。しかし、かすかに眉《まゆ》を上げた。

「そうか、お前がここにいた異能心教を率いているのか」

「ほう……なぜ、そのことを?」

どうやら、この人物が統率者で間違いなかったようだ。

清霞は静かに戦闘態勢を整えながら、その問いに答えた。

「以前、こちらで捕らえた男とは違う。——お前は、本物の異能者だ」

マントの人物は、その体格や声から察するに、男だろう。そして、清霞にとっては慣れた、異能者の独特の気配をまとっている。

先に捕らえた男のような、紛《まが》い物の異能者ではない。

「さすが、よくおわかりだ。対異特務小隊《たいいとくむしょうたい》隊長、久堂清霞」

「こちらのことも把握済みというわけか」

そこまでは想定内だった。あれだけ別邸の外を動き回っていたのだから、当然だ。

マントの男が片手を前にかざす。すると、突如として地面がぬかるみを帯び始めた。男の異能だろう。

「できれば、少佐殿には穏便にお引き取り願いたいのだが」

「断る」

ここでこの男を捕らえ、異能心教について、また今回の件についても吐かせなくてはならない。

男が残念だ、と呟《つぶや》いた瞬間、ぬかるんだ地面がさらに水気を増し、沼のように変じた。

(土を操る……いや、水を操る異能か)

このままでは足をとられる。清霞は即座に念動力によって、地面を支配した。異能の威力は清霞のほうがはるかに上なので、場の支配権は常に清霞にある。

ふ、と息を吐くと、ぬかるんだ一帯の土はぴし、ぴし、と音を立てて凍りついた。

「炎を操り、雷《いかづち》を意のままに走らせ、……さらには水を凍らせるか。はは、これは勝ち目がない。やはり久堂家の当主は伊達《だて》ではないな」

「――お前も異能の家に連なる者ならば、我が家に手を出すことがどういうことか、わかっているはずだ」

傲慢《ごうまん》、ともとれる清霞の発言は、けれども真実でしかない。

久堂家が異能者の頂点に立てるのは、実力だ。何人《なんぴと》たりとも久堂家当主を脅かすことはできず、敵に回せば最後、敗北が目に見えている。

唯一、勝てる可能性があるのが薄刃家の異能者であり、だからこそ、以前、辰石《たついし》家も薄刃の血を引く美世を手に入れようとした。それほどまでに、久堂家の存在は絶対的だ。

「もちろん、承知している。だが、これが祖師のご意向だ」

「祖師？」

異能心教の開祖のことか。やはり、この男もまた何者かの指示で動く教団の一員らしい。

男は表情を頭巾の奥に隠したまま、両腕を大きく広げる。

「異能は素晴らしい力だ。だというのに、科学などというもののせいで今、駆逐されようとしている。少佐殿、あなたも異能者の頂点に立つ身ならば、現状を憂えているのでは？」

「……そうだな。そういう考えを持つ異能者が現れても、おかしくはないと考えていた」

確かに、異能は優れた力である。異能者はその存在からして、一般的な人間という種族の上位にいると言ってもいい。

けれど、清霞たちの身体は、どこまでいっても人間の枠の外に出るものではない。異能を持つことで優位に立ち、一段階上の存在だと驕《おご》っても、人間の肉体を持つ限りはそれ以上にはなりえない。

なくなりつつあるというなら、それもまた自然の摂理だ。

「祖師は、まったく新しい世界を作ろうとなさっている。そう、すべての人間が異能を持てる可能性を得る世界を」

「…………」

「力を望む誰しもが、異能者になる道を選択できる世界。望めば誰もが、上位種たる異能者へと至れる——真に平等な世界だ」

馬鹿げたことを、と思う。

本当にそれが平等な世界なのか。否、そんなことをしても、また新たな不平等が生まれるだけの話でしかない。薄っぺらい理屈だ。

「そして我々は、この地で理想の世界への第一歩を踏み出そうとしている。すべては、祖師のお考え通りに」

「罪のない人間を巻き込んで、か？」

「……何かを変えるには多少の犠牲も致し方ない。維新の折も、そうだったはずだ」

たとえ事実だったとしても、まったくもって、同意したくない論理である。

もはや、理想の世界とやらのために異能心教が村や村人を利用したのは明白だった。要は、ここを実験場としたのだ。その、祖師とかいう人物は。

「久堂清霞。あなたも異能者の未来を思うならば、我々の教団へ参加すべきだ。我らが祖師――甘水直《うすいなおし》さまの考えを受け入れよ」

聞いたことのない名だ。十中八九、異能者だろうが、そのような名の家は清霞の記憶にはなかった。

忘れないよう、頭に刻み込む。

そして、清霞は強制的に、この不愉快な会話を終了させた。

「異能を持ちながら、帝国に仇《あだ》をなす。これはまごうことなき大罪だ。覚悟はいいか」

「ふむ。やはり祖師の仰《おっしゃ》る通り、相容《あいい》れないのだな。しかし祖師のお考えをあなたに知らせる……その役目は無事に果たせた。ここは退くとしよう」

異能者の男が軽く手を上げると、得も言われぬ不快な気配が近づいてきた。

びりびりと足元から響く、地鳴りのような音がする。耳を劈《つんざ》く雄叫《おたけ》びを上げ、迫ってきたのはマントを羽織った大柄な──鬼。

いや、違う。

(鬼の本体を憑依させられている、ただの人間だな)

これが鬼の目撃情報の正体か。

額から太く、長い乳白色の角が二本生えており、口元には牙《きば》が見え隠れする。人とは思えないくらいに大きな身体をしているが、間違いなく元は人間だ。とはいえ、瞳《ひとみ》の焦点は定まっておらず、正気を失っているのがわかった。

村の男たちが憑依させられている鬼の一部は、この鬼のものだろう。村の男たちは強引にこの鬼の力を分け与えられてしまったのだ。

「我々は研究の末、突き止めた」

口を開いたのは、異能者の男だった。

「異形には利用価値がある。奴らの力でも、魂でも、身体でも……とにかく奴らの一部を人に取り込ませ、憑かせれば、人を異能に目覚めさせることができる！　さあ、行け！　我々の思想を理解しない輩《やから》に、思い知らせてやるのだ！」

獰猛《どうもう》な獣のごとき咆哮《ほうこう》と、不快な歯軋《はぎし》りに耳を塞《ふさ》ぎたくなった。

完全に鬼に憑依されている巨体が、周囲の木々をなぎ倒しながら、おそろしい速さで突進してくる。人間としての理性は残っていないようだった。

清霞は身軽に迫る巨軀《きょく》を躱《かわ》すと、念動力で身体の自由を奪う。けれども、相手の鬼の力は凄《すさ》まじく、力ずくで清霞の異能を破ろうとしてくる。

（さすがに、異能者相手のときのように簡単ではないか）

さらに異能の威力を上げる。そして、その巨体を宙に浮かせ、近くの木に叩《たた》きつけた。

鈍い音とともに木が折れ、地に頽《くずお》れた鬼はそのまま動かなくなる。

（あの男は……逃げたか）

どうやら、鬼に憑依された男をけしかけ、自分はとっとと逃げおおせたらしい。

清霞はため息をひとつ吐き、地に伏した巨体へと近づいて魔封じの札を貼りつける。

これで鬼の力はしばらく封じられ、この鬼の一部を憑依させられている村の男たちもじきに目を覚ますだろう。

清霞は別邸へと戻るため、立ち上がった。

◇◇◇

一方、村から久堂家別邸へと続く道の脇では、正清が複数のマントの人影と対峙《たいじ》していた。

「やれやれ……」

何者かが家に近づいてくるのを感じて出てきてみれば、とんだ珍客が来たものだ。

息子からの頼みで別邸の守りを引き受けたものの、戦場は久しぶりで、どうにも身体的な不安がある。

向かい合うマントの数は、三。そのどれもが、異様な気配を漂わせていた。

「君たちが、清霞の言っていた紛《まが》い物の異能者、かな」

人工的に作られた異能者。そういった研究も、長い異能者たちの歴史の中でまったく行われなかったわけではない。

しかし、異能は本来、人の手に余る代物だ。生まれたときから異能のせいで身体に不具合をきたしてきた正清は、身をもって実感している。

「所詮《しょせん》、異能者も天から異能を与えられた、ただの人にすぎない」

それを意のままにしようなど、身の程知らずも甚だしい。

人が故意に異能者を生み出す。はじめは上手《うま》くいくような気がしていても、結局は失敗に終わるのが常だ。

「さて、君らの目的は何かな。捕虜を取り返すことか、我が家を襲うことか……」

正清の言葉に答える者はひとりもない。

じりじりと、互いに睨《にら》み合う時間が続く。

先に膠着《こうちゃく》状態を脱したのは、マントの三人組のほうだった。三人は一斉に空中へ片手を掲げる。すると、小さな竜巻のようなものが巻き起こり、さらに土や葉、異能の火などを巻き込んで大きな渦となった。

思わず、正清は目を輝かせてしまった。

「すごい。実によくできた芸だね。でも、そんなものでうちをどうにかしようと考えているなら、これほど浅はかなこともないよ」

久方ぶりの戦場と、高揚感。つい心の沸き立つままに、満面の笑みを浮かべる。

なんて、単純で可愛らしい。異能さえ手に入れたならば、久堂家に手出しできると思っている。そんなこと、ありはしないのに。

三人の偽物の異能者たちが作り出した渦が、正清のほうへ投げつけられる。

このままもろに当たったら、無事では済まない。土や枝葉で皮膚は裂け、火が身を焼き、鋭さを持った渦巻く風が肉を切り刻むだろう。

わかっていながら、正清は正面からその渦を受け止めた。

(うん。たまには、戦いに参加するのもいいものだね)

息子の清霞が大学を卒業したのとほぼ同時に家督を譲り、この地で隠居生活を送ってきた。あのときは正清も身体が限界で、ほかに道はなかったけれど、第一線から退くのはなかなか惜しかった。

指先ひとつ動かすことなく、渦は一瞬で掻《か》き消える。

「僕らをどうにかしたいなら、こんな子ども騙《だま》してはいけないよ。もっと腕を磨いて出直しておいで」

努めて穏やかに言うと、正清は異能を発動させる。

ぱりぱりと微《かす》かな音を立て、電流が地を這《は》い、マントの三人を捉《とら》えた。なすすべもなく感電した三人は、そのまま倒れてぴくりともしない。

「もう少し、骨のある相手が良かったな」

肩慣らしにもならず、がっくりと落ち込む。

この程度の相手なら、清霞が任務でやってくる前に自分で処理してもよかったかもしれない。

「まあ、仕方ないか」

独りごちて、三人の異能心教の信徒を検分する。

マントを剝《は》ぎ取れば、三人のうち、二人は女だった。片や二十歳前後、片や四十路《よそじ》。残りのひとりの男もだいたい二十歳くらいで、若そうだ。

「三人に、身体的な共通点は特になし。信徒の年齢層に特徴はないのかな。……幅広く支持されているとしたら、それも問題だね」

さらに見ていくと、四十路の女の懐から少量の真っ赤な液体の入った小瓶が出てきた。

──鬼の血に、間違いない。

これには、正清も反射的に顔をしかめる。

「さんざん異形を滅して、殺してきた僕が言えることではないかもしれないけど……ひどいことをするね」

人が生きるためではなく、異能を得たいという欲のために命を弄《もてあそ》ぶ。あまり、気分のいいものではなかった。

しかし、物的証拠を得られたのは僥倖《ぎょうこう》だ。

今回のことで、異能心教を一網打尽にできればいいが、そうでなければ厄介かもしれない。

正清は小瓶を懐にしまいながら、考えを巡らせ……途中で、やめた。

(もう僕の出る幕はないか)

自分は引退したのだ。あとのことは、清霞に任せておけばいい。

自分の息子ながら、立派に育ってくれた。正清のように身体が弱いわけでもなく、能力も申し分ない。

唯一の心配は、いつまで経っても結婚しないことだったが、それも近いうちに解決する。

「僕は幸せ者だなあ……けほっ」

小さく咳《せ》き込んで、正清は三人の信徒たちを縛り上げにかかった。

六章　春になったら

美世《みよ》は、はらはらと落ち着かない心地で、玄関に立っていた。

朝、清霞《きよか》が飛び出していってから、もうかなり経つ。村のはずれまで行ったとしても、どうにも時間がかかり過ぎているように思えて、気が気でない。

「旦那《だんな》さま……」

「そんなに心配しなくても、久堂《くどう》少佐は大丈夫ですよ」

横で新《あらた》が苦笑しながら言うが、美世の不安はちっともなくなってくれない。

ついさっき、客を迎えにいくと出て行った正清《ただきよ》が帰ってきた。しかし彼が黒いマントのおかしな人々を引き摺《ず》ってきた上に、この別邸の地下に同じような捕虜がいると知らされ、屋敷じゅうが大騒ぎになった。

村で起きた謎の怪事件のことは知っていたが、得体の知れない怪しげな教団や異能者がかかわっているなど、少しも聞かされていなかった美世は何が何やらだ。

「任務が危険なことはわかっているつもりでした……。でも、異能者が相手なんて」

「いえ、美世。あの少佐ですよ？　むしろ異形相手より異能者相手のほうが、余裕でしょう。それに、君のほうがよほど危ない橋を渡っていたんですからね」

「……はい」

美世は罪悪感に、眉尻《まゆじり》を下げる。

村人の男性を救うために異能を使った。修行の成果や新の手助けもあり、体調不良になりながらも男性を目覚めさせることができたが、一歩間違えば死が迫る、危険な場面であったことは間違いない。

体調不良は一時的なもので今はすっかり元通りだし、できれば清霞には報告したくないけれど、そうもいかないだろう。

「美世さん、お疲れさま」

声をかけてきたのは、増えた捕虜を地下に収容し終えた正清だ。

「お義父《とう》さま。お疲れさまです」

「うん。……ああ、君があの鶴木《つるき》貿易の御曹司——薄刃《うすば》の後継の、薄刃新くんだね？」

正清に問われた新は、恭しく会釈した。

「はじめまして。薄刃新です」

「おや、もう薄刃を名乗っていいのかい？」

「はい。堯人《たかいひと》さまのご意向で、これから薄刃家も徐々に開かれていく予定ですので」

「そう。それはいいことだね」

ふと、会話が途切れる。二人の話を聞きながらも、清霞が帰ってくるであろう、村の方角から目を離さなかった美世は思わず「あ」と声を漏らしてしまった。

「旦那さま……！」

落ち葉が敷き詰められた道を、大股《おおまた》で歩いてくる清霞の姿が遠目に見える。怪我などをしている様子はないが、手で何か大きなものを引き摺っているようだった。

「？」

「あれ、なんでしょうか」

美世と並んで遠くの清霞を眺める新も首を傾げている。

もう、じっとしていられない。

気づけば、足が勝手に駆け出していた。

「旦那さまっ」

呼びかけると、うつむきがちに歩いていた清霞が、はっと顔を上げる。

「美世」

「旦那さま、おかえりなさい。よかった、ご無事で……」

夢中で駆け寄り、その胸に飛び込む。全身で、婚約者の温かな体温と鼓動を確かめた。

そして、そんな美世の身体を力強い腕が包み込んだ。

「ただいま。心配かけたな。すまない」

今頃になって、恐怖が湧き上がってくる。ほっとしたら、目頭が熱くなった。

気を張っていたけれど、本当はずっと怖かった。慣れない異能を他人に使うのも、清霞が危険な戦いに身を投じているのも。

何かひとつでも間違いがあれば、すべてを失ってしまいそうで。

「だ、旦那さま、が、ご無事なら……それで」

いいんです、と言おうとしたのに、喉《のど》が震えて閊《つか》えてしまった。

それでも、優しい彼はすべてをわかってくれる。

「危ないことは何もなかった。だから、泣くな」

ぽんぽん、と柔らかに美世の背を叩《たた》いた清霞は、次の瞬間、地を這う――いや、もはや地底を匍匐《ほふく》するような低い声で唸《うな》る。

「で？　なぜ、ここにいる。薄刃新」

余裕の笑みを浮かべ、新が美世の背後にやってきた。

「あはは、あなたのせいですよ。堯人さま直々に、こちらに来るように命じられたんです」

「堯人さまが？　……そうか」

「それにしても、その手に持っているのはなんです？　ずいぶん大きな獲物ですね。狩りでもしていたんですか？」

ここでようやく我に返った美世は、ゆっくり視線を下に移し、清霞が引き摺っていたものを理解した。そして、思いきり飛び退く。

「な、な、え、あの、人……？」

またもや黒いマントを纏《まと》った、大きな男だ。清霞と比べても子と親以上に体格差のある大男。それを、清霞は息も乱さず引っ張ってきたようだった。

「狩りといえば狩りだ。これが私の任務の目的だからな」

清霞が後ろ手に引き摺っていた巨軀《きょく》を軽々と放ると、どさり、と鈍い音とともに地面に転がった。

大男の額には、角が生えていた名残りのような出っ張りがあり、牙《きば》らしきものが口の端からのぞいている。

それにしても、大きい。肉厚の手など、大きすぎて美世の頭くらいなら握り潰《つぶ》されてしまいそうだ。こんな大柄な鬼と戦って、清霞にもし何かあったらと思うと寒気がした。

「やはり、鬼が憑依《ひょうい》しているようですね」

「今は魔封じで封じている。あの村人は、どうなった？」

美世は新と顔を見合わせ、観念して白状する。

「あの、……わたしが、異能を使って目覚めさせました」

「は？」

す、と清霞の目が鋭くなる。

その反応が怖ろしすぎて、ひぇ、と悲鳴が出そうになった。けれど、しどろもどろになりながら、なんとか言葉を続ける。

「い、意識を取り戻さなければ、今にも死んでしまうと……だから、あの」

「……容体を安定させるために、異能を使ったと」

「は、はい」

なんとかうなずいた、その瞬間。美世の身体は痛いくらいに強く、抱きこまれていた。

「すまない、私があの場を任せたばかりに……。頼むから、危ないことはしないでくれ」

弱弱しい声音。胸が苦しくなる。

あのときの行動に後悔はないけれど、こんなにも清霞を心配させるなら、馬鹿なことをしたなと思う。

「ごめんなさい」

「いや、いい。ありがとう、よくやってくれた」

美世は清霞の腕の中で、少しだけ首を縦に動かした。

と、生温い空気が流れだした状況で、間の抜けた文句が聞こえてくる。

「君たち～、いつまで外にいる気だい？　僕、風邪引きそうだよ」

清霞が渋々、といったふうに離れ、美世は自由になった。……なんだか、外気は冷たいはずなのに、汗をかきそうなくらい、全身が熱い。

(恥ずかしい)

また、皆が見ている前でやってしまった。

「いいねえ。若者はこんな寒空の下でも盛り上がれるんだから。っくしょん！　けほっ。うぅ、寒～」

あはは、と笑い、正清は咳《せき》とくしゃみをする。

なんというか、これは暗に嫌みを言われているのだろうか。

清霞が苛《いら》ついているのが、びしびしと伝わってきた。

「とっとと戻って、休めばいいだろうが。人のところを面白がって見ているから、そうなるんだ」

「ははは。少佐、こんな面白いものを見ないで帰れるわけないでしょう」

「お前もか」

そうして、和やかな雰囲気に包まれながら四人は別邸の中へ戻ったのだった。

◇◇◇

夜も更けてきた頃。久堂家別邸二階、清霞の滞在する部屋のタイル張りのバルコニーには、月明かりに照らされ手摺りにもたれる二つの人影があった。

朝から教団の信徒と対峙《たいじ》し、その後も後始末に追われた清霞と、主に村で村人たちの混乱を鎮めるのを手伝っていた新だ。

忙しく動き回っていた彼らがやっと落ち着いたときには、もうこの時間だった。

それから、どちらからともなく一杯やろう、という空気になり、今、各々の手の中には例の地酒が注がれた猪口《ちょこ》がある。

もう冬も間近だというのに、不思議とあまり寒くない夜。普段は犬猿の仲の二人の間に、ほどよい疲労感と酔いで穏やかな空気が流れる。

「――なるほど、それは要報告ですね」

清霞は、隣の新へあらためて事件の全容を伝えた。

すべては、異能心教《いのうしんきょう》の行動に端を発する。彼らはこの地域一帯を実験場とし、人に異形を憑依させ、異能を目覚めさせる実験を行っていた。

あの異能者の男は、祖師の考えを清霞に知らせるのが役目だったと言っていた。まだ想像の域を出ないが、もしかしたらこの地域を選び、久堂家に手を出したのもすべてそのためだったのかもしれない。

この場合、なぜ祖師は清霞に自身の目的を伝えたかったのか、というまた別の疑問も生じるが。

ともかく一連の怪奇現象や不審人物の目撃情報は、いずれもその一端だったというわけだ。明日には帝都から調査員が送られてくるので、さらに調査が進めば詳しいことがわかるはずである。

「ああ。……帝都のほうの動きは？」

清霞の確認に、新はにこやかに応じた。

「対異特務小隊《たいいとくむしょうたい》も、異能心教狩りに駆り出されていますよ。政府も馬鹿ではないので、いくつか潜伏場所の候補は絞ってあったようです」

今回のことで、政府はさらに追い詰められる。このままでは異能心教の存在は、帝国を揺るがす脅威となるだろう。

実情はどうあれ、生まれにかかわらず人智を超えた力を得られる、という彼らの主張は多くの人々の目に魅力的に映るに違いない。

「ここへ来る前に五道《ごどう》さんと打ち合わせましたが、あちらはあちらで、異能を使う異能心教への対抗手段として上層部にはかなり期待されているようでした。少佐も早く戻ったほうがいいですよ」

「そうだな」

五道に留守を任せている以上、おかしなことにはならないだろうが、これ以上屯所を空けているのは小隊の士気にもかかわる。

言われなくとも、もう明日には戻るつもりだ。すでに美世や父にもそれは伝えてあった。

ふと、思い出して清霞は自分の懐から取り出したものを新へ投げ渡す。それを危なげなく受け止めた新が眉《まゆ》をひそめた。

「これは？」

「先代が押収した証拠品のひとつだ」

鬼の血が入った小瓶。異能心教の実験に使われたと思われる、人工異能の媒介——とでも呼ぶべきか。

「まったく新しい、平等な世界……。こんなもので」

新の表情も苦々しいものに変わる。

「おそらく、異能心教の祖師とやらは異能者だろうな。でなければ、そこまで深く異能を理解できない」

異能の研究は、当然ながら異能についての深い造詣《ぞうけい》が必要になる。しかしそれらの情報は国家機密に等しい。一般人がおいそれと手を出せるものではない。

となれば、異能心教を率いているのは、異能者か異能の家に連なる者にほぼ限られる。

「それは、そうでしょうね。少佐には、心当たりは？」

「ないな。戻ったらあらためて調べる必要はあるが……現時点で、おそらく所在が明らかでない異能者はいない。海を渡って来ている者もすべて含めてな」

異能者たちは皆、最低限の動向を国に管理されている。今頃はすでに政府も、国に把握できている異能者の行動は洗っているはずだ。

それでも、未《いま》だ祖師とやらの正体についての連絡はない。だとすると。

清霞は、ぽつりとその名をこぼした。

「……甘水直《うすいなおし》」

「え？」

「祖師の名らしい。偽名かもしれんが」

そう何気なく続けた清霞の耳に、新の息を呑《の》む音がやけに大きく聞こえた。

どこか、様子がおかしい。隣に視線をやり、眉間《みけん》にしわを寄せる。

「どうした？」

儚《はかな》い月光の下でもわかるほど、新の顔から色が失われていた。まるで吐き気を堪《こら》えるかのように口元を押さえた手は、微《かす》かに震えているように見え、呆然《ぼうぜん》と瞬きひとつしない。

いつもの余裕綽々《よゆうしやくしやく》な新の姿はどこにもなかった。

「本当、に」

「？」

「本当に、言ったん、ですか？　う、すい、なおし、と……？」

清霞は内心で困惑しながら、うなずいた。

「ああ。確かにそう言った。それが、どうか？」

新は震える手で持っていた猪口を足元に置き、心を落ち着けるように深く息を吐く。

あの名前に何らかの心当たりがあるのは明白だ。けれども、柄にもなく動揺する新に、即刻詰問する気は起きない。

「まさか――ああ、そういうこと、ですか。だから、堯人さまは」

浅い呼吸で喘《あえ》ぐように、新は呟《つぶや》く。

「どういうことか、説明しろ」

「……そうですね。ああ、ちょうどよかった」

力なく背後のガラス戸のほうを向いた新の視線の先には、おそるおそる、といったようにこちらをうかがう美世がいた。

「あの、ごめんなさい。お邪魔して」

「別に構わない」

清霞も美世が部屋に入ってきたことには気づいていた。新の異変に気をとられ、つい扉の向こうから呼びかける声に、返事をし損ねたが。

「これは美世にも、かかわる話です。彼女にも聞いてほしい」

そう言われてしまえば、清霞も首を縦に振るほかない。

新は青い顔で笑うと、美世を手招きし、バルコニーに置かれた椅子へ座らせる。美世はといえば、不思議そうにこちらを見上げていた。

「えっと。新さん、顔色が……座ったほうが」

「気にしないでください。美世は、今回の件についてどれくらい知っていますか？」

「あ、え、あまり、詳しくは。でも、異能心教？　のことは、旦那《だんな》さまにうかがいました」

どんな危険が潜んでいるかわからないので、美世にも今回あったことを断片的に伝えている。

特に異能心教という、異能者がかかわる組織が黒幕である以上は、無知が逆に危険を呼び寄せる可能性もあるからだ。もちろん、深入りさせるつもりも毛頭ない。

「そうですか。さすが少佐。抜かりないですね」

らしくない、下手な賞賛を送ってくる新。――本当に、らしくない。

彼は、どこか諦《あきら》めを含んだ表情で、遠くを見つめた。

「少佐の話が本当なら……異能心教のかかわる、あらゆる罪は薄刃家にあります」

「どういうことだ？」

「異能心教の祖師を名乗る人物、甘水直。甘水家は、薄刃家の分家のひとつです」

これを聞けば、清霞も得心する。

つい先だってまで、謎に包まれていた薄刃家。その分家であれば、清霞の知っている範囲外である。

「しかし、甘水家自体は脅威ではありません。甘水直、彼が問題なんです」

「その男の素性はわかっているのか」

「もちろんです」

できれば、思い当たりたくなかった。新の表情はどこか、そんなふうに嘆いているように見えた。

「少佐の予想通り、甘水直は異能者です。もう数少ない、薄刃の異能を持つ者だ。そして」

いったん言葉を切り、新は美世に微笑みかける。

「美世の母親、斎森澄美《さいもりすみ》……いや、薄刃澄美の婚約者候補だった男です」

清霞と美世は揃って瞠目《どうもく》する。

脳裏によみがえったのは、美世が生まれる前の薄刃家の事情だ。

そうだ、確か、薄刃澄美は一族内の異能者と結婚する予定だった。本人の意思はともかく、少なくとも薄刃の長たる薄刃義浪《よしろう》の考えはそうだった。

年頃だった澄美にすでに婚約者候補が用意されていたとしても、何も不思議はない。

すう、と酔いがさめていく。

「俺が生まれるか生まれないかという頃の話なのでよくは知りませんが、甘水直は美世の母親に対して、婚約者候補という以上の感情を抱いていた、らしいです。そして薄刃澄美が斎森家に嫁いだ直後に離反し、行方をくらませました」

「離反だと？」

「はい。当然、薄刃の掟《おきて》に従えば、離反者には厳しい制裁が下されます。ただ、あのときは……」

「なるほど。薄刃家にそこまでの体力は残されていなかった。いや、甘水直とやらが優秀だった、ということもあるのか」

「どちらもその通りです。追跡はしましたが、発見できませんでした。今でも、一族の者たちに細々と捜索はさせていますが、有力な情報は得られていません」

やはり、新の顔には濃い諦念《ていねん》が見え隠れする。清霞には彼の憂いがよくわかった。

なぜ、よりにもよって今、と。

薄刃家は、これから変わっていく。世間から隔絶された暮らしではなく、清霞たち普通の異能者の家のように、堂々と生きていける。そんな未来が、あったはずだ。

けれど、こうなってしまえば……もし、薄刃に関係する人物が国家転覆を狙っていたなど表沙汰《おもてざた》になったら、間違いなく一族は存続できなくなる。

「甘水直は、薄刃を憎んでいるのか？」

清霞が尋ねれば、新は覇気のない動きでかぶりを振る。その口調は、誰が聞いても投げやりだ。

「わかりませんよ、そんなこと。憎んで、恨んで、復讐《ふくしゅう》したいと考えている可能性は十分にありますし、そうでない可能性だってある。まあ、何か思うところがあるから、こんなことをしているんでしょうけど」

気落ちする新にかける言葉を、清霞は持ち合わせていない。

ただ、今の話で懸念があるとすれば、敵は薄刃の異能――異能者をも倒しうる、人心に作用する異能の持ち主であり、しかも優れた資質の持ち主である、ということ。

新と戦ったときのことを思えば、そこらの異能者を相手にするのとはわけが違う。

はっきり言って、清霞にとってはこれ以上ない脅威だ。

「すみません。みっともないところを見せました」

「新さん」

美世が心配そうに新を呼ぶ。

そういえば、新がここへ来たのは、堯人の指示だと言っていた。きっと、あの浮世離れした皇子には、新と清霞が甘水直について知る未来が視《み》えていたのだろう。

眉をハの字にして笑いながら、新は猪口《ちょこ》を拾い上げると、

「俺は先に戻ります。お二人は、ごゆっくり。……冷えますから、ほどほどに」

言い残して、ゆっくりとバルコニーを後にする。

その背はいつもより、ずっと小さく見えた。

◇◇◇

美世はどうしたらいいかわからず、夜空を見上げた。

薄刃家のこと。母のこと。忘れたことはないけれど、頭のどこかでは終わったことのように考えていた。

自分を薄刃家の一員と思うなら、新に何か言葉をかけるべきだったのかもしれない。でも、ほとんど部外者のような美世が言っていいことなど、ないような気もしている。

「美世、寒くないか」

「はい。大丈夫です。……ありがとうございます」

今夜は暖かいし、着物の上に羽織も着ているので寒くはない。

身体は平気だけれど、心は複雑だ。それが表に出ていたのか、清霞はバルコニーにもうひとつあった椅子を引き寄せて、美世の隣に座った。

「……難儀だな」

難儀。言い得て妙だと思う。

なんだか、次から次へと問題が溢《あふ》れてくる。でも、美世にはそれらをなんとかできるような力はなくて。立場すら、ふわふわと安定しない。

「わたしにできること、何かあるんでしょうか」

薄刃家は、美世のことを家族として扱ってくれる。普通の親や兄弟を知らない美世を、義浪は祖父として、新は兄のように、大切にしてくれる。

彼らのために何かしたいのに、自分自身のことで手一杯の美世は、あまりにちっぽけだ。

「別に、あの男はお前に何かしてほしくて話したわけではないと思うが」

「でも」

清霞の広い手のひらが、ふわり、と優しく美世の頭を撫《な》でる。

「私なら、お前が厄介ごとに巻き込まれず、無事でいてくれるだけでいい。それが一番の望みだ」

そんなのは、ずるい。

美世だって、皆に無事でいてほしい。だから、助けになりたい。半人前の、大それた願いかもしれないけれど。

「大丈夫だ、薄刃は。私もできる限りのことはする」

少しだけ、清霞はその先の言葉を考え込んだ。そして、慎重に口を開く。

「……お前が、もどかしい思いをしているのはわかる」

「！」

「それを埋めるために努力していることも、わかっている。しかし、お前の望むものが一朝一夕で手に入らないのも事実だ」

「……はい」

胸の中にくすぶる、もどかしさや焦燥。とっくに見抜かれているそれらが恥ずかしくて、美世は自分の胸元に手をやった。

「美世。お前にできないことは、私がやる。私がお前の代わりに、お前の分まで動こう。それでは、いけないか」

「旦那《だんな》さま……」

「お前に任せるべきことは、任せる。お前の手が届かないところは、私が補う。そうやって、私はお前と生きたい。なんでもひとりでするのではなく、助け合い、補い合えば、夫婦で肩を並べてやっていけるのではないか」

清霞の言葉は一見、ただの慰めのように思える。でもそれなら、こちらを見つめる彼の瞳《ひとみ》の奥にある熱は、なんだろう。

（夫婦で、肩を並べて……）

どうして、この人はいつも、美世の欲しいものがわかるのだろう。

（わたし、どこかでまだ、旦那さまに相応《ふさわ》しい異能の使い手や淑女にならなければ、一緒にいてはいけない気がしてた……）

この先を、肩を並べて歩いていくなら、早く追いつかなければいけないと焦っていた。

それはつまり、なんでもひとりでやろうとしていた、ということかもしれない。

日々努力している自分を、美世自身が信じていなかった。

「わたし、旦那さまをちゃんと支えられているでしょうか」

迷いながら、躊躇《ためら》いがちにしか訊《き》けない美世に、清霞は淡く微笑んだ。

「ああ、もちろん。お前はとっくに、私になくてはならない存在だ。だから——」

ゆっくりと、作り物のように美しい婚約者の顔が近づいてくる。

（え……）

どうして、などと考えている暇もない。互いの鼻先がくっつきそうになって、反射的に強く瞼《まぶた》を閉じた美世の唇に、一瞬、柔らかく温かいものが掠《かす》めた。

呆然《ぼうぜん》としながら開いた目の前には、真っ白な頬を微《かす》かに桜色に染め、穏やかに笑む清霞がいる。

「だから、春になったら……私の妻になってくれるか？」

「は、はい」

「ありがとう」

きっと、この人のこの笑顔は、一生忘れない。

まったく働かない思考の中で、ぼんやりと美世はそんなことを考えていた。


このときほど、自室から出るのが億劫《おっくう》だった朝はない。

いつも通り、夜明け前から目を覚ました美世だったが、日が昇り始めるまで延々とベッドの中で悶《もだ》えていた。

(く、くち……っ！　唇が)

何度も何度もあの場面がよみがえってきて、そのたびにのぼせそうになってしまう。

あのあと、どうやってこの部屋まで帰ってきたのかまったく記憶にない。

ひとつだけ確かなのは、当初のまま二人でひと部屋使っていなくてよかった、ということだ。万が一にも同じベッドで眠っていたら、絶対に心臓がもたなかった。

(で、でも、口づけくらい、婚約者なら)

当たり前に皆しているはず……ではないのだろうか。

美世には同年代の友人がいないので、どうにもよくわからない。帰ったら、葉月《はづき》に訊いてみるか？　いやしかし、思い出すだけでも顔から火が出そうなのに、状況を口頭で説明するなんて、できそうにない。

（今日、いったいどんな顔で旦那さまと会えばいいの？）

真っ白な枕に顔を埋《うず》めると、無意識にうぅ、と声が漏れてしまう。

うだうだと悩んでいると、そもそも婚約者同士とはいえ、どうして清霞は口づけなどしたのか、と細かいことまで気になりだす始末。

美世だって、年頃の女だ。唇と唇の口づけは、想い合う男女がするものだとわかっている。もっと言えば、恋人同士が愛情を確かめ合うための行為。特に未婚の男女の間では。

（わたしは、旦那さまの恋人だった……？　いいえ）

違う。見合いで知り合っただけの結婚相手にすぎない。

まあ、恋愛結婚などひどく珍しく、多くの夫婦も見合いの結果、愛し合ったり離れたりするわけで。婚約者、夫婦として相手と付き合っていくうちに愛は芽生えるものだろう。

とはいえ、美世と清霞が愛を育《はぐく》んだ恋愛的な間柄かといえば、答えは否だ。

そう思うと、わずかに頭が冷えてきた。

（どうして、旦那さまは……）

まさか、なんとなく勢いで、ということはあるまい。清霞に限って、そんないい加減なことはしないはず。

ならば、いい加減でない理由があったことになる。

（そうだわ、旦那さまは『妻になってくれるか』と仰《おっしゃ》ったもの。きっと、結婚するとはこういうことだと教えてくださったのよ）

自分で考えていて、違和感しかない。でも、そのくらいしか思いつかない。

ひとりで浮かれていて恥ずかしい。浮かれたまま清霞の前にでなくて、本当によかった。

美世はふう、と息を吐き、布団から抜け出すと、やや沈みながら着替えて部屋を出た。

顔を洗い、洗濯場へ行く。

いつもやっていることなので、洗濯を手伝おうとすると、なぜかすっかり美世を若奥さま扱いする女中たちに激しく止められた。しかしなんとかお願いして、最終的に参加させてもらう。

そうこうしているうちに、完全に日が昇って朝食の時刻になった。

「あ、新さん。おはようございます」

美世が食堂へ行くと、すでに昨晩、客人としてこの別邸に宿泊した新の姿があった。

「おはようございます、美世。……昨日はすみません。おかしな態度をとってしまって」

少し眉《まゆ》を下げて言う新の様子は、概《おおむ》ねいつもと変わらないように見える。

「いえ……。あの、でもわたしにもしできることがあれば――」

「俺のことはいいですよ」

笑顔で首を左右に振る新に、美世は続けようとした言葉を途中で呑《の》み込んだ。

「美世は、自分のことを心配してください。昨日も言ったように、甘水直は君の母親に特別な感情を抱いていた可能性がある。薄刃澄美の実の娘である君にも、何かしようとするかもしれません」

もちろん、俺もできる限りは守りますが、と冗談めかして付け足す新。

そういえば、新が美世の護衛になるという話があった。結局、あのときは清霞が譲歩して、護衛ではなく、美世に異能を教える教育係として新を招くことにしたのだ。

教育係として新が美世といる時間はそれなりに長いので、結果として護衛の役割も果たすことにもなった。

新曰《いわ》く、清霞は金払いがいいらしいので、おそらくすべては清霞の考え通りだろう。

「……はい。気をつけます」

「そうしてください」

普通の笑顔だと思うのに、昨日のただならぬ様子を目にした後だと、新のことがどこか痛々しく見える。けれど、それを口に出すのは躊躇われた。

美世の困惑が伝わったのか、新は苦笑する。

「本当は、俺は君にずっと家で大人しくしておいてほしいですし、きっと久堂少佐もそう思っているでしょうが――」

「勝手に人の気持ちを代弁しないでもらおうか」

突然、背後から低い声が聞こえて、心臓が跳ね上がった。

「ああ、おはようございます。久堂少佐。……勝手に、とは言いますが、間違ってはいないでしょう？」

「美世は私の妻だ。私が守れば、何も問題はない」

「妻って。気が早くはないですか？　婚姻の日取りはお決まりで？」

「来年の春、それまでに面倒ごとはすべて片付ける」

ばちばちと、火花が散る二人の男の間に挟まれた美世は、動悸《どうき》が激しく頭の中は真っ白だ。後ろの清霞を振り返れない。

それを訝《いぶか》しんだのか、清霞が正面に回り込んできた。

「美世、どうした？」

どうした、ということはない。原因などわかりきっている。

と、美世に反論などできるはずもなく、至近距離で覗《のぞ》き込まれた美貌《びぼう》に一瞬で爪先《つまさき》から頭のてっぺんまで茹《ゆ》で上がった。

「だん、旦那さま……お、おおおはようございます」

「ああ、おはよう。顔が赤いぞ」

「そそそ、そんなきょと」

そんなこと、と言おうとしたら、思いきり噛《か》んでしまった。

もう、恥ずかしくて死にそうだ。穴があったら入りたい。

動揺しまくる美世の姿を、新がにやにやと面白がって見ている。

「少佐、昨日あのあと、美世に何をしたんです？　尋常でない様子ですが」

「別に」

素っ気なく答える清霞。

美世は両手で火照った両頬を覆い隠したまま、とにかく落ち着くのを待つ。

話しているうちに、食堂に正清と芙由《ふゆ》が揃ってやってきて、会話が途切れた。これ以上、新に追及されたらたまらないので、内心でほっと胸をなでおろした。

そもそも、どうして清霞がそんなに冷静でいられるのかわからない。

（もしかして、お酒を飲んでいらっしゃったから……酔って覚えていないとか？）

いやいや、それこそまさかだ。

清霞の酒の強さは非常識なほどであるし、記憶を失くす性質ではないのでまったくありえない。

テーブルにつきながら、隣を盗み見る。

（なんだか、昨日のことは夢だったみたい）

ここまで平常通りに振る舞われると、そう思えてきた。ところが。

なぜか芙由からちらちらと視線を感じつつ、朝食は粛々と済み、美世が自室へ戻ろうとしたときだった。

「美世」

「は、はい！」

呼び止められて。振り向く。すると、思ったよりも近くにいた清霞に、美世は驚いて飛び上がった。

「ひぇっ」

咄嗟《とっさ》に引けた腰を腕で逆に引き寄せられ、頭の中は大混乱だ。さらに、耳元に清霞の顔が寄ってきて、囁《ささや》かれる。耳にかかる吐息が気になって、目が回りそう。

「美世。昨日のこと、忘れないでほしい。……あれは、私の気持ちだから」

「え……え、え？」

気持ち？　あれが？　つまり、どういうこと？

大混乱している上に、恋愛経験などあるはずがない美世にはさっぱりわからず、首を捻《ひね》る。そしてそれは、清霞にもよくわかっていたらしい。

「焦らなくていい。いつか理解してくれれば、今は」

すっと、密着していた身体が離れていく。

先に食堂を出ていく背中を、美世は呆然《ぼうぜん》と見送っていた。

(よし、これで荷物はまとまったわ)

いよいよ、あと少しでこの別邸を出ていく。

忘れ物がないか確認していると、ここでの滞在期間中に起きた出来事がよみがってきた。

(結局、あのままお義母《かあ》さまとのことはうやむやになってしまった……)

険悪、というほどではないと信じたいけれど、何も改善はせず、芙由と仲良くしたいという美世の希望は潰《つい》えてしまった。

清霞と芙由の関係を引っ掻《か》き回しただけかと思うと、心苦しい。

やはり、余計なことをしなければよかっただろうか。

どんよりと暗くなって、ベッドの上に出してある着替えを眺めた。

（せっかくだから着たいと思って持ってきたけれど……ひとりで浮かれていたら馬鹿みたいよね。それに、またお義母さまの機嫌を損ねてしまうかもしれないし）

ここへ来る前、葉月と買いに行った、淡く紫がかった可愛らしいワンピースにそっと触れる。

清霞に見てもらいたくて、帰りに着ようかと鞄《かばん》から出したはいいけれど、勇気が出ない。

どうするか、とうだうだ考え込んでいると、ふいに部屋の扉がノックされた。

「はい」

「ナエでございます。よろしいでしょうか」

「はい。どうぞ、お入りください」

美世が返事をすると、静かに扉が開き、ナエが入ってきた。

「若奥さま、お支度を手伝いにあがりました。……けれど、あまり手伝いは必要なさそうでございますね」

そうだった。つい美世が全部自分でやってしまったが、普通なら使用人に任せるところだったかもしれない。

「も、申し訳ありません」

「いいえ、謝られることではありません。実は、これはその、口実でもありまして……」

「？」

口実？　何の？

言いにくそうに歯切れの悪いナエ。首を傾げた美世の耳に、「ちょっと！」と咎《とが》める高い声が飛び込んできた。

「ナエ、それは言うなと言ったでしょう！」

目尻《めじり》を吊《つ》り上げ、扉の陰から姿を現したのは、今日も今日とて豪華なドレスで着飾った芙由だ。

「お義母さま……？」

「もう、その呼び方はおやめなさいと言っているでしょう。誰も彼も、本当に生意気だこと。ちっともあたくしの命令を聞かないのだもの、嫌になるわ」

とびきり不機嫌そうな表情で、芙由は不平を漏らす。

もしかして、昨日の事件から、食事時以外でほとんど顔を合わせなかったので、美世への不満が蓄積しているのだろうか。そしてそれを、まとめてぶつけにきたとか？

虫でも見るような視線とともに近づいてくる芙由に、美世は自然と身構えた。

「帝都へ帰るんですってね？　あたくし、心の底からせいせいしてよ」

予想通り、その形のいい唇から飛び出してきたのは、いつもの憎まれ口だ。

「はい。……あの、申し訳ありませんでした。いろいろと」

「そうね。さんざんな目に遭ったわ。二度とここへは来ないでほしいくらい」

「奥さま」

「ナエ。裏切り者はお黙りなさい。まったく、あなたたちがその娘の肩を持っているのは知っているのよ？」

窘《たしな》めようとしたナエの呼びかけを、芙由はばっさりと切り捨てる。

確かに、この別邸の使用人たちはすっかり美世を若奥さま扱いだ。美世を認めたくない芙由への裏切りというのはその通りだろう。

ふん、と鼻を鳴らした芙由の視線が、ベッドの上に広げて置いてあるワンピースへと向く。

「これは、あなたの物？」

内心ではらはらと不安を抱きながら、美世は小さくうなずいた。

「は、はい。そうです……」

「そう、まあ安物ではなさそうね」

葉月とデパートで購入したものだ。葉月のお墨付きでいい品だが、急に自信がなくなってくる。

「何よ、その辛気臭い顔。信じられないほど不細工でしてよ。清霞さんも、我が息子ながら趣味が悪いにもほどがあるわ」

「申し訳ありません」

目を伏せて、謝罪を口にする。

何もできなかった、変えられなかった。そんな自分には、もはや芙由に立ち向かう権利などない気がした。

今できるのは、これ以上、芙由の心証を悪くしないこと。

実家にいたときのように、ひたすら謝るだけの自分は情けなくて、どんな悪口を言われるよりもつらく、涙が出そうだった。

じわりと目に滲《にじ》んだ水の膜を芙由に悟られないように、うつむく。

「ふん、いい気味ね。……と言いたいところだけれど、またあなたを虐《いじ》めているなんて、旦那《だんな》さまに怒られてしまうでしょう。めそめそしないでちょうだい」

「も、申し訳ありません」

急いで涙を引っ込めようとすればするほど、溢《あふ》れてきてしまう。

(泣いたら、だめなのに)

ただ謝って、涙を流して。あの頃と何が違うのだろう。

芙由との関係を変えられなかったように、変われたと思っていた自分すら、実は変われていなかったのだろうか。

過去は変えられない。芙由の言う通り。だとすれば、その過去の中で培われた自分を変えることもまた、不可能なのかもしれない。

それは、底なし沼に足をとられたような絶望感だった。

「あなたの謝罪、不愉快でしてよ」

「……っ」

「そんなに謝って、何になるというのかしら。すればするほど、伝わる謝意は薄まるわ。価値のない謝罪などただ鬱陶《うっとう》しいだけ」

「あ……」

謝るな、と。

以前、言われたときのことは、忘れていない。謝罪が軽くなると。また同じ過ちを繰り返していた。

自分は愚かで、どうしようもない。

「あたくしは、あなたの過去に同情はしなくてよ。それに、その鬱陶しい謝罪も許さないし、無礼で使用人がお似合いのあなたを認める気もないわ」

芙由の口調は、はっきり、きっぱりとしていた。

それは彼女の中にある何か――確固たる意思に基づいているのだと思う。彼女は、美世にはない強さのある人なのだ。

そんな芙由と、もっと打ち解けられたらよかった。できなかったのは、ひとえに美世が不甲斐《ふがい》ないせい。

「でも」

落ち込みながら、涙が零《こぼ》れないよう必死に目に力を入れる美世に、けれども芙由は意外な言葉を続けた。

「あなたは、清霞さんの婚約者としての務めを、正しく果たしていたのでしょうね」

「え……」

美世が驚いて面《おもて》を上げたと同時に、芙由はぱらりと扇子を開いて口元を隠し、視線を明後日《あさって》の方角へ向ける。

「勘違いしないでちょうだい。あなたは不細工で、礼儀知らずで、みすぼらしい、辛気臭くて、教養もなければ、貧相で、気高さも誇りも、自尊心すら欠片《かけら》もない、人としても最低限の水準しかないような娘よ」

ひと息に並べられた悪口に、反応を返すゆとりもない。さんざんな言われようだ。

「でも、あなたは自分に異能があると、あたくしに反論も誇ることもしなかったわね」

小さな声は、美世の耳まで届かずに消えていく。

はっと我に返ったように、芙由は甲高い声を上げた。

「清霞さんのために動こうとするその心意気だけは、ぎりぎり、認めてあげてもいいかもしれないくらいには、達しているように、思わなくもなくてよ！」

美世は思わず目が点になり、はあ、と気の抜けた返事をしてしまった。

ややこしすぎて、つまり、どういうことだろう……と咄嗟《とっさ》に脳が理解しきれず、ぽかんとする。

反応の鈍い美世に、芙由は頬を朱に染めた。

「もういいわ！　手をお出しなさい！」

「は、はい」

わけもわからず両手を差し出すと、掌上に何かとても軽いものがふわりと載せられる。

その正体は、可愛らしいレースの白いリボン。

ますます、何が何やらわからなくなる。

「あたくしが娘時代に使っていたものでしてよ。つまり、二度と使わない、時代遅れのごみ同然の安物。あなたには、そのくらいがお似合いだわ！」

「あの、これ、くださるのですか……？」

「そんなわけないでしょう。ごみよ、ごみ。あなた、使用人の仕事が好きそうですものね、捨てておきなさい！」

「でも……」

リボンは、たいして古びてもおらず、大切にされていたように見える。それに、ここまで繊細に編み込まれたレースだ。決して安物ではない。

芙由にとっても、今まで大事にとっておいたこのリボンは、ごみなどではないはず。

戸惑う美世を、ふん、と睨《ね》めつけ、芙由は「いいこと！」とまた高い声を張り上げる。

「それはごみ！　ごみよ。あなたがどうしてもそのごみを欲しいというなら、持ち逃げしてもいいけれど、本来は捨てるものなのですからね！」

再びひと息で言い切り、そのままの剣幕で部屋を出て行ってしまう芙由。

滲んでいたはずの涙と、心を覆っていった絶望感はどこへやら、美世は唖然《あぜん》としてその背を見送り、立ち尽くしていた。

まるで、嵐にでも遭ったかのような心地だ。

「これは、いったいどうすれば」

　手の中のリボンは、芙由曰《いわ》くごみらしいけれど、美世にはまったくそうは見えなくて、とても捨てられそうにない。

　途方に暮れる美世の声に答えたのは、部屋に残ったナエだった。

「申し訳ございません、若奥さま。おそらく、そのリボンはそのまま受け取られたほうがよろしいかと存じます」

「そう、なんですか？」

「はい。推測ではございますが、奥さまは贈り物のつもりでいらっしゃると思いますので」

　年嵩《としかさ》のナエは、ここ数日見ていて、芙由のことを使用人の中では最も理解しているようだし、芙由も口にも態度にも出さないが、ナエを重用しているのがわかった。

　そのナエが言うのだから、間違いはないだろうけれど。

「あの、本当に……？」

　先ほどの芙由の言動のどこに贈り物、という言葉があったのか、皆目わからない。

「奥さまは、若奥さまに何か思うところがあったようでございます。そのリボンはいわば、奥さまは若奥さまを認められた証《あかし》……のようなものでございましょう。受け取らないと、逆に奥さまのご機嫌を損ねることになるかと」

「お義母《かあ》さまが、わたしを……」

あれだけ貶《けな》されたあとだ、にわかには信じがたい。半信半疑のまま、部屋の鏡台にリボンを置く。

「若奥さま。よろしければお着替えになったあと、そのリボンで髪を結いましょうか」

「あ……え、っと」

ナエの申し出は素敵だ。白いリボンは、きっとこの薄紫のワンピースに合うだろう。

しかし、本当にいいのだろうか。これを渡してきた本人は、再三にわたり、ごみであると強調していたが。

美世の戸惑いに気づいたのか、ナエは薄く微笑んだ。

「奥さまは、確かに気性の激しい面もございますし、ご自身の気に入らないものには厳しいですが、心根はそう悪い方ではないのです。ただ、素直でない言動が目立ってしまいまして」

「素直でない言動……」

「昨日、若奥さまが村人のために尽力なさる姿を見て、奥さまは若奥さまに感心なさったのでございましょう。直接、口に出されたわけではありませんけれど」

美世は、先ほどの芙由の言葉を思い返した。

『清霞さんのために動こうとするその心意気だけは、ぎりぎり、認めてあげてもいいかもしれないくらいには、達しているように、思わなくもなくてよ！』

何が何だかよくわからない言い回しではあったが、落ち着いて考えてみると、美世が清霞のために行動したことは認めてもいい……という意味に聞こえる。

わかりづらい言葉。一本筋の通った性格。なんだか、少しだけ似ている人を知っているように思う。

(旦那さまとお義母さまの性格、どこか似ているみたい)

ふふ、と堪《こら》えきれず、小さな笑いが漏れた。

まだ美世が、清霞の家に来たばかりの頃。清霞に冷たくされたこともあった。実際に、そういう噂だって流れている。でも、彼は口下手なところがあるだけで優しい人だ。

それがわかったら、多少素っ気ない態度も微笑ましく思えて。

同じなのかもしれない、と考えたら、わずかに心が軽くなった。

「若奥さま。使用人一同も、若奥さまには喜んでお仕えしたい所存でございます。ですからこれきりと言わず、また来てくださいまし」

まだ淡い、小さな種のようだけれど、希望が持てた気がする。

「はい。ぜひ」

互いににこりと笑い合ってから、美世は支度にとりかかった。

玄関ホールには、すでに美世以外の皆が揃っていた。

(や、やっぱり、緊張するわ……)

初めての洋装。ナエにも「とてもお似合いです」と褒めてもらったが、いざとなるとどきどきと鼓動が鎮まらない。

着物に比べると洋服は丈も短く、足元の風通しが良すぎるので心許《こころもと》なく、恥ずかしさも尋常でない。

もじもじと物陰から出られない美世の後ろから、声がした。

「あなた、何をしているの?」

その優雅な立ち姿は、まぎれもなく芙由だ。彼女も今来たところらしい。

「……緊張してしまって」

「あら、数えきれないくらいのあなたの欠点に、意気地なしも追加しなくてはならないようね」

「…………」

「そのリボン。本当につけたのね」

「あ、はい」

髪はナエに綺麗《きれい》に結ってもらった。

丁寧に梳《す》いて、後ろ髪を上半分だけ結い、下半分を下ろした、いわゆるお嬢さま結びにしてもらっている。もちろん、あの、白いレースのリボンを使って。

「まあ、少しはましに見えてよ。仮にも元はあたくしのものだもの、当たり前ね」

「ありがとうございます」

美世が心からの感謝を伝えると、芙由は「当然だわ！」と言って、そっぽを向く。

そして、扇子を持っていないほうの手で、不意に美世の背を押した。

「あ……」

意図せず玄関ホールへ姿を現すことになり、皆の視線が集中して頭が真っ白になった。

「ああ、美世さんは洋装も似合うね」

最初に、やや軽薄な印象の正清の賛辞が聞こえてくる。

(旦那《だんな》さまも新さんもこちらを見てる……)

視線を移すと、こちらを見つめる二人がいる。美世は自然と足をそちらへ向けていた。

二人のうち、先に口を開いたのは新だ。

「美世。その格好、とても素敵ですよ。美しくて、可愛らしい。ずっと見ていたいくらいです」

「ありがとうございます……」

頬が熱い。無意識に、もじもじと自分の両手の指を絡ませたり、解《ほど》いたり。

うろうろ目を泳がせていたら、清霞と目が合った。その瞬間、彼が優しく微笑む。

「あの、旦那さま。どう、ですか……？」

「ああ。とても、似合っている。可愛いよ」

喜びと、少しの驚きで、さらに頬が熱くなり、自然と笑ってしまう口元を手で隠す。

（か、可愛い……って）

清霞が、まさかそんなことを言うなんて。

褒めてくれることを期待はしていたけれど、まさかそんな言葉をくれるとは思わなかった。すごく、うれしい。

天にも昇るような気持ちとは、こういうことを言うのかもしれない。

「はあ、まさかあの絵に描いたような堅物の我が愚息が、可愛いって……。芙由ちゃん、これはもう認めるしかないよ」

「あたくし、知りませんわ。あのようなだらしのないにやけ顔で、女を褒めるような息子に育てた覚えはありません。帝国男児が嘆かわしい」

ひそひそと交わされる会話は、本人たちの耳にまでは届かなかった。


その後、形式的な別れの挨拶《あいさつ》を交わし、最後に正清がそれぞれへ言葉をくれた。

「清霞、結婚式には必ず呼んでね。芙由ちゃんと二人で行くから」

「気が向いたらな」

「薄刃のお坊ちゃんも。今回は全然ゆっくりできなかっただろう？　次は観光で来るといいよ」

「そうですね。温泉に入りにでも来ます」

「美世さん。清霞のことを、頼むね」

「はい」

自動車に乗り込む美世たちへ、身体に気をつけて、と言った正清に対し、清霞がぼそりと「それはあんただ」と呟《つぶや》いていた。

そうして、ぶんぶんと大袈裟《おおげさ》に手を振る正清に見送られ、美世と清霞、新は帝都への帰路についたのだった。

終章

対異特務小隊《たいいとくむしょうたい》はいくつかの班に分かれ、任務に当たっていた。

小隊長である清霞《きよか》が出張先で得た情報は、数日前まで政府の頭を悩ませていた謎の組織、〝名無しの教団〟――異能心教《いのうしんきょう》についての捜査を前進させるものだった。

そして、それによって、普段は異形を相手にしている対異特務小隊にもまた、指令が下された。

『教団関係者が出入りしているとみられる指定の場所を、ただちに制圧すること』

おまけにその指定の場所とやらは、ほぼ確実に複数の教団の信徒が出入りしている、特に有力な場所ときた。

異能を使う相手には異能を使える手駒をぶつけよう、といったところか。

どこか釈然としない思いを抱えつつ、五道佳斗《ごどうよしと》が部下を連れて向かったのは、帝都郊外の廃寺だった。

「各自、持ち場へつけ！」

五道の号令で、連れていた部下のうち、四人が廃寺の四方を囲む。

そして事前の打ち合わせ通り、五道が合図を出すと同時、残りの二人の部下とともに軍刀を構え、寺の堂内へ突入した。

「帝国軍だ！　……って」

五道は、拍子抜けして眉《まゆ》を寄せる。

崩れかけの堂の中は、もぬけの殻だった。情報では、いつもなら昼間のこの時間、複数人がここにいるらしい、ということだったが人っ子ひとりいない。

もちろん、突入前に周辺の確認をしたが、五道たちがやってきたのを察知して隠れた様子もなかった。

「五道さん、情報と違いますね……偶然、留守だったのでしょうか」

「それはおかしいでしょ～。上だって、こっちに情報を回してきたってことは、何度も裏をとっているだろうし。とにかく、警戒は解かないように」

部下の問いかけに答えながら、五道は油断せずに堂内をあらためて見回した。

何よりもまず目を奪われるのは、壁に大きく描かれた教団の紋。これがある以上、教団の関係者がここにいたのは間違いないだろうが――。

「罠《わな》……とか。でも何の？」

ひとり呟いて、首を捻《ひね》る。

物理的にも術的にも、それらしきものが設置されていないのは確認済みだ。

「五道さん。あらためて探ってみましたが、何もありません」

こうなると情報が間違っていた可能性も出てくる。この非常時に、到底許される間違いではないが。

（いや、でも待って。……まだ何か、見落としているってことも）

五道がそう思ったのと、ジジ、と何か、火で炙《あぶ》ったような音が聞こえてきたのは、ほぼ同時だった。

五道の視界に、今まで確かになかったはずの大きな——爆弾のような塊が映る。

「え？」

火薬を積み上げて導火線を取りつけただけのような、単純なもの。しかし、その構造はぱっと見ただけで、少なくともちょっと破裂するくらいでは済まないのがわかる。

しかも最悪なことに、延びる導火線の先は橙色《だいだいいろ》に光り、急速に爆弾本体へと近づいていた。

さっと血の気が引き、五道は反射的に叫ぶ。

「全員、結界を張れ！」

次の瞬間。

凄《すさ》まじい轟音《ごうおん》を響かせ、廃寺は巨大な炎に包まれた。

◇◇◇

たった数日離れていただけなのに、列車を降りた途端に押し寄せてくる帝都の喧騒《けんそう》は、どこか懐かしい。

しばらく列車に揺られた三人は、無事に帝都中央駅のホームに降り立った。

「長閑《のどか》な田舎町や農村もいいですが、帝都に帰ってくると落ち着きますね」

「はい」

安堵《あんど》を滲《にじ》ませて言う新《あらた》に、美世《みよ》はうなずく。

一方、清霞は胡乱《うろん》な目を向ける。

「貿易会社で働く奴が何を言う」

「ははは。確かにいろいろな場所を飛び回ることも多いですが、俺の拠点はやっぱりここですから」

ごみごみとして賑《にぎ》やかな帝都の様子と、和やかな会話。旅の間、張りっぱなしだった気持ちがゆっくりとほぐれていく。

　しかし、言い合う清霞と新は不意に黙り込み、真剣な顔に変わる。

「これから忙しくなる」

「そうですね」

　異能心教。甘水直《うすいなおし》。そして、薄刃《うすば》家のこと。問題は山積している。

　これからきっと、慌ただしい日々が始まる。

　美世も自然と、表情を引き締めた。

　自分にできることは限られているけれど、できる限り、彼らを支えていきたい。そのためには、ひとりでのほほんとしているわけにはいかなかった。

　異能の修行にも、よりいっそう励む必要がある。

　駅の雑踏の中を三人で移動しながら、これからどうするか話し合う。

「俺は堯人《たかいひと》さまのところへ報告にいかないと。ですが、さほど急がないので、美世のことは俺が送っていきます」

「はい。お願いします」

「そうだな、頼む。私はまず、屯所で五道に話を聞かなければ――」

　清霞の声が、不自然に途切れた。

新が足を止め、美世も立ち止まって二人を見る。

どうしたのか、と訊《たず》ねようと唇をわずかに動かしかけ、背筋に悪寒が走った。ざわり、と肌が粟立《あわだ》つ。

（な、なに……？）

何もわからないのに、何かがおかしい。

人々の雑踏が、喧騒が、どんどん遠くなる。まるで、美世たちが世界から隔離されてしまったように。

そして、感じるのは異様で、不気味で、何か途轍《とてつ》もない恐怖。

「これは」

「薄刃の異能の気配がしますね」

冷静な二人の声にひとまず安心したものの、美世は本能的に襲いかかってくる畏《おそ》れに喉《のど》を鳴らす。

何が、起こっているのか。その答えは、すぐに示された。

三人だけが取り残されたがごとき世界に、す、と浮かび上がるように、ひとつの影が近づいてくる。

「お初にお目にかかる。久堂《くどう》家当主、薄刃家次期当主、それから――」

――我が娘よ。

災いは、人の姿をして美世たちの前に現れた。

あとがき

皆さま、ご無沙汰《ぶさた》しております。

第一巻発売以降、ペンネームが読めない・書けない・覚えられないと不評を買いつつ、「でも探しやすい」とか「目立つ」とフォローされるようになった、顎木《あぎとぎ》あくみです。

おかげさまで『わたしの幸せな結婚』第三巻までお届けできることとなり、作者としましても美世《みよ》と清霞《きよか》の物語を続けられたのがとてもうれしいです。

しかも、今回は思いきり「次巻へ続く！」状態で終わりました（先にあとがきから読む方がいらっしゃるかもしれないので、ネタバレは避けます）。本当にいいのかなあ……なんてしんみりした雰囲気を出しながら、ノリノリで書かせていただきまして、すごく楽しい執筆でした。……あの人の運命はいかに。

また三巻では、比較的初期から考えていた清霞の両親を出すことができました。わりと久堂《くどう》家らしい両親かな、なんて思って書いていましたが、いかがでしょうか。

薄刃《うすば》家のこと、新たな敵対組織のことなど、問題はまだまだ山積しています。果たして二人は無事にタイトル回収できるのか？　私もわくわくが止まりません。

そして、そうこうしているうちに高坂《こうさか》りと先生による、『わたしの幸せな結婚』コミカライズ単行本第一巻が発売となりました。もう素敵すぎる出来ですので、ぜひ！　と猛プッシュしておきます。スクウェア・エニックス様『ガンガンＯＮＬＩＮＥ』にて連載中（二〇二〇年二月現在）ですので、こちらもよろしければ。


さて、今回は前回、前々回よりもさらにご迷惑をかけまくり、それなのに最大限の尽力をしてくださった担当編集さま。もう頭が上がりません。ありがとうございます。

素晴らしい表紙イラストを手掛けてくださった月岡月穂《つきおかつきほ》先生。毎度、語彙《ごい》力を喪失する美しい美世と清霞を描いてくださり、心から感謝申し上げます。

最後になりましたが、一巻二巻から引き続き、この本を手にとってくださった読者の皆さま。いつも本当にありがとうございます。皆さまの応援があってこその第三巻、お楽しみいただけたなら幸いです。

ではまた、お会いできることを願って。

顎木あくみ

お便りはこちらまで

〒一〇二―八五八四
富士見L文庫編集部　気付
顎木あくみ（様）宛
月岡月穂（様）宛

富士見L文庫

わたしの幸《しあわ》せな結婚《けっこん》 三

顎木《あぎとぎ》あくみ

2020年2月15日　初版発行
2023年8月10日　36版発行

発行者　山下直久
発　行　株式会社 KADOKAWA
〒102-8177　東京都千代田区富士見2-13-3
電話　0570-002-301（ナビダイヤル）

印刷所　株式会社 KADOKAWA
製本所　株式会社 KADOKAWA
装丁者　西村弘美

定価はカバーに表示してあります。　◆◇◇

●お問い合わせ
https://www.kadokawa.co.jp/（「お問い合わせ」へお進みください）
※内容によっては、お答えできない場合があります。
※サポートは日本国内のみとさせていただきます。
※Japanese text only

ISBN 978-4-04-073473-6 C0193